王童 著

东方的星空

莫言题

作家出版社

图书在版编目（CIP）数据

东方的星空 / 王童著. -- 北京：作家出版社，
2024.12 -- ISBN 978-7-5212-3247-9

Ⅰ. I227

中国国家版本馆CIP数据核字第2025EU8955号

东方的星空

作　　者：王　童
策划编辑：雷　容
责任编辑：田小爽
装帧设计：周思陶
出版发行：作家出版社有限公司
社　　址：北京农展馆南里10号　　邮　　编：100125
电话传真：86-10-65067186（发行中心）
　　　　　86-10-65004079（总编室）
E-mail:zuojia@zuojia.net.cn
http://www.zuojiachubanshe.com
印　　刷：河北京平诚乾印刷有限公司
成品尺寸：142×210
字　　数：242千
印　　张：10.625
版　　次：2024年12月第1版
印　　次：2024年12月第1次印刷
ISBN 978-7-5212-3247-9
定　　价：50.00元

王童和他的"太空诗"

唐晓渡

　　王童肯定算得上当今诗界的一个"异数",异就异在他的"太空诗"一再呈现的狂想特质。数年前读到他的诗集《寻找旅行者一号》,几个呼吸间就被裹进了那搅动着长句式的狂想旋风,让我一时分不清,这样一本狂想之书到底是出于一个狂想的人,还是狂想本身找到了语言的形体?如果说我倾向后者,其原因倒不在于人。诗不能互质,而在于那种跨文明、越古今的汪洋恣肆犹如另类的飞行,不仅给孤独的心灵带来了解放的巨大快意,也带来了横无涯际的遐想和思虑。

　　宏阔的视野,巨大的激情,飞腾的意绪,疾驰的语速——随着此后王童创作"太空诗"的热情一发而不可收,其汪洋恣肆的狂想风格也一以贯之。尤其是见载于《延河》诗刊的《圣洛朗的眼泪》和近期刊于《人民文学》的《寻找东方红一号》,于意、艺两端明显延续、拓展、呼应了《寻找旅行者一号》,合而言之,可视为他的"太空三部曲"。把此类围绕英雄传说和重大历史事件而上天入地、贯通八方的长诗视为某种"类型史诗"并不为过,同样值得注意的是一再被点明的"寻找"主题。璀璨的星空、迷离的历史;不死的英雄、传说中的神灵、可能的外星文明;勃勃的雄心、不竭的勇气、同样浩瀚深邃的背景和前景……除了这些，王童在他激越的狂想中还在寻找什么呢？《寻找东方红一号》中言及的柏拉图"洞穴理论"隐喻了史前文明，两相对照之下，是否凸显了人类的生存哲学和发展大道？诗由此大大溢出了自身而又从根本上回到自身。

一般读者读王童的这类诗，最初或会产生所谓"知识障"；而一旦破解那些障碍，则会有豁然归一的阅读快感。这里的"归一"和《说文解字》中"惟初太始，道立于一，造分天地，化成万物，凡一之属皆从一"，或道家所谓"道生一，一生二，二生三，三生万物"内在相通。王童曾在《美文》上就《圣洛朗的眼泪》发表创作谈，其中说到班固所言"凡天文在图籍昭昭可知者，经星常宿中外官凡百一十八名，积数七百八十三星，皆有州国官官物类之象"，又举《水浒传》与《红楼梦》开篇都征引神话故事为例，以为"女娲补天遗下一块石头成了《石头记》。三十六天罡，七十二地煞星游走在江湖打家劫舍，替天行道，皆遗有此类迹迹"，可见他对"一"作为世界和诗歌共享的创生原理，确有自己的感悟和自觉意识。天地、寰宇、三界；过去、现在、未来，据此而在他的持续探究中混而不分，成为可供其倏忽出入的同一自由时空。

王童"太空诗"的选材角度足够奇特新颖。《寻找旅行者一号》借追踪发射的"地球档案旅行者一号"展开了新一轮的"天问"，牵动着生活、思想、艺术、战争、历史诸多侧面；《圣洛朗的眼泪》借狮子座流星雨的天象而融入"天人合一"的理念；《寻找东方红一号》更是将"寻找"的终极目标发挥得淋漓尽致。这些诗的浪漫魂魄和气势，令人不由想到郭沫若的《女神》，尤其是《天狗》和《凤凰涅槃》，想到他的新编历史剧《屈原》中的名篇《雷电颂》，其中激荡着《天问》《离骚》的主题回旋和变奏。郭沫若和屈原也可以被视为不同程度的狂想诗人吗？也许吧。前提是这里指涉的，不仅关乎个别诗人、个别作品的风格，也关乎所谓"新诗"，以至新中国的文化原型和道途血脉。当然，无论是屈原还是郭沫若，其狂想在具有开创性质的同时也都不得不为其各自的历史条件所拘；而王童的"太空诗"，则借助现代航天科学的日新月异，以其语言图像中存在都市的"现代性"标识，刷新了狂想的历史地平和天空：

> 你看见了玉兔奔跳的身姿，你听到了安泰俄斯咆哮的声音 / 旅行者一号已抵达太阳系边沿，哈勃望远镜发现璀璨的太空城市，后继的量子卫星突破暗物质的屏障如影随形。
>
> （《寻找旅行者一号》）

> 我的罗汉金身是个宇宙，/ 脑纤维脑神经辐射扫描出了九天的轮廓，/ 它们舞动着，旋转着，聚集起，/ 胚胎诞生。
>
> （《圣洛朗的眼泪》）

> 我握住时空的经纬，/ 让天空垂挂在我的脖颈上。/ 天空成我观海的窗口，/ 天空融进我飞行的梦想。/ 我观望着星辰大海的奔涌，/ 游弋进了龙门开启的江河中 / 鱼跃上了姮娥漫步的宁静海边。/ 梦境叠替进颅脑的圈层，/ 一串飞旋的精灵四处飘散。/ 巡天的矿灯嵌在我的脑壳上，/ 照亮深邃的穹隆矿脉 / 开采出了炭烧样的恒星系。
>
> （《寻找东方红一号》）

王童在其"太空诗"中营造的此类大开大阖、如梦如幻的情境，突破了常规意义上的认知阈限，打碎了知识之间的系统区隔，奇思迭出，异彩纷呈，而又隐藏着种种触类旁通的可能性：众多神祇的降临，令人想起《山海经》里的巫妖魔王；屡屡浮现的三星堆迷津，意旨更揭示了其心迹的深沉。试将"太白霜月沉入海底，五行山下的孙猴子，期盼着山崩地裂，坑中的焚毁，渴望烈焰里的涅槃"（《泥土中的星星》）和"酒泉的酒是从天而降的甘露，酒泉的引子是陶成道炼丹凝成的酒酿。盛酒的方樽远地2368千米，椭圆形的酒杯倾角68.44度，开启喷射出的琼浆去开怀畅饮。酒场的狄康师傅指挥着他的弟子们，飞铲着古井中的醪糟，让曲香飘散四野"（《寻找东方红一号》）……这样的诗句并置一处，不唯可在比较中见其异曲同工之妙，亦可经其内心期盼，发现其与中国古典如李白之《梦游天姥吟留别》、李贺之《秦王饮酒》等"游仙诗"之间的一脉所系，秘响旁通。

　　"东方红一号"卫星的发射，连同"卫星"一词所凝聚的相关历史记忆，对我们这一代人来说，是难以忘怀的。就此而言，王童诗中那座矗立于天地之间的古琴，在弹奏出东方红音符的同时，也不断拨动我们的心弦，构成了某种复杂的音画对位、余响不绝的共振效果。"东方红一号"卫星的发射当然是激情燃烧岁月的产物，其间融入了几代人的奋斗，实现了自古以来多少国人的飞天梦想。它标志着当代中国的航天事业已搭起了九天揽月的天梯，曾经的睡狮将真正实现由农耕文明向工业文明的历史性跃迁，其步幅之陡，甚至令自己都有点猝不及防。至于这对以现代性为其合法依据的新诗来说意味着什么，则需要诗人们经由反复的挑战和应对的历练后才能给出自己的回答。

　　王童以三部曲为代表的"太空诗"或多有不足，但无疑是迄今最直接也最耀眼、最响亮的应答之一。这里，一再标明的"寻找"主题与其说暗含了曾经的犹疑和迷茫，不如说表明了什么才是诗歌方式的沉着和适时：一方面，继"东方红一号"后持续积累，近年来更是突飞猛进的航天成就，在不断强化前者仍悠然在轨的启示的同时，也不断酝酿、激励着王童创作"太空诗"的动机；另一方面，要驾驭如此的巨型题材，需有待一系列个人和非个人要素的彼此生成。若不能基于自性善从当代诗歌以至百年新诗在面向未知世界的持续变革中充分汲取，并经由反复锻炼形成足够成熟的意识和技艺，则极易导致空洞浮华甚至失重坍塌。就此而言，不妨说王童的"太空诗"，实出于历史／诗／人彼此遭遇的某种机缘际会。如果说从中可以听到二十世纪上半叶曾席卷全球的未来主义思潮的某种回响，那也毫不奇怪，因为未来主义正是其时科技爆发和"工业化"加速互为推动，并深刻影响文明进程结出的最初思想果实。这些伴随着资本的扩张、危机的酝酿、战争的轰鸣和革命的狂热，由其孕育和催生的果实虽不免青涩，却引发了人类社会、文化、艺术诸领域的剧烈震荡和根本变革，不仅留下了一系列耀眼的节点事件和名字，而且留下了至今尚可咀嚼回味的巨大精神遗产。在某种程度上，也许可以把王童的"太空诗"列入同一精神谱系；然而在任何意义上，它们都绝非马雅可夫斯基或阿波里奈尔的隔日雷鸣。所谓"未来主义回响"，更准确地说，是指王童将其作为某种元素，某种维度，融入了其一心营造的那个令屈原和但丁混而不分的浩渺星空，那种过去、现在和未来彼此融入的审美奇境；而无论他的语态有多么开放和国际化，其重心都不离当下和中国。这不仅体现于他的诗中出现的众多航天员和宇航科学家，也体现于他令神话、传说、历史、现实相互交织的运思方式。组诗《嫦娥的眼睛》（《人民文学》2021）将"嫦娥号"奔月、"祝融号"登陆火星、"天和号"空间站等当代太空探索成就化入传统神话，其中的一节诗句典型地表现了他的这一运思特征：

> 我相信嫦娥有一双美丽的眼睛，/ 她的眼睛闪烁着群星，/ 她的眼睫围绕着地球的山林，/ 她的瞳孔透视着浪漫的柔情。

> 屈原在天问，山顶洞人在问天，三闾大夫挥洒着新的篇章。/ 长征五号垒起穿越火焰山的天梯，红军团跋涉到了遥远的天涯。

有同仁认为王童的长诗很有聂鲁达之风，大概是指二者在构思上的汹涌澎湃、气势宏大和修辞上的泥沙俱下、不择而流暗合相通吧？这其实也是放眼大时代，怀有大梦想、大激情者很容易趋同的品质。不过，二者的不同之处亦一眼可辨。概而言之，聂鲁达所执着的是一个大陆未曾实现的梦想，基调中更多痛楚和沉郁；而王童则因当代中国实现了"飞天"的千年梦想而发现了"太空诗"这一"新大陆"，基调中更多惊喜和昂奋。确实，设若没有当代中国航天事业的蓬勃发展、异军突起，没有作为其知识背景或狂想基石的现代物理学、天文天体学，以及大半个世纪以来人类航天实践所提供的丰富积累，或许就不会有王童的"太空诗"。我听说他最初发表在《诗刊》上的《神舟穿越》一诗，不仅曾被百位航天航空领域的科学家在不同场合朗诵过，还被列进了相关大学的考研指南，可见王童的诗与其致力书写的这个大时代，和堪可象征这个时代的高端领域声气相通的程度。

王童的"太空诗"从审美的角度大大拓展了通常的认知模式。地球因之变得更小，历史因之变得更短，而我们的视界和胸襟因之变得更为阔大开放。这就是为什么我们在阅读时，即便在有所不适的情况下也会感到荡气回肠的原因。与此同时，它们还包含了某些有趣的冷知识、冷视点。比如在他的诗中反复出现的秦始皇身影。除了我们所熟悉的中国大一统象征外，这个秦始皇还拥有另一重身份，即人类历史上罕有的曾与外星人相会者。此传说来自《拾遗记》记述的同宛渠人促膝谈心一节，霍金因此称这位千古一帝很可能还活着，令人遐思。如果说这里多少还有点怪力乱神的味道，那么，另一处想象秦始皇七年巡游的座驾为哈雷彗星，却自有科学根据。观察到哈雷彗星早就见载于中国古籍，前后达二十九次，秦始皇七年正是其中之一。这颗地球人唯一可以凭肉眼就可以看到的彗星，上一次临幸是在1986年冬，我曾有幸目睹。但见它拖着长长的彗尾，像一道龙影静静地贴在冷冽的星空，王童差它作秦始皇的座驾，倒也两不相负。我们当然也会想到，这个外观美丽却质量稀薄的天体回归地球，视野的周期大约是每七十六年一次，而新诗自"五四"时期诞生迄今，也不过一百年多一点，换句话说，只相当于它在轨道上运行不到一周半的时间。如此在同一时间尺度下，将这各自发生在遥遥深空和现实大地的美学事件两两比较，是否可以让我们的写作在倏然获得信心加持的同时，也对虚无的奥妙有更多的领略？由此还可以导向另一个天上人间的视角转换：

我仰望着你，地球，就如我推开月色的窗口，就似我从观海亭等待日出。你是我的月亮，你是我的恒星，你的引力已从我的体内弥散。我仙在醉酒，我神在纷飞，我在缩短你同紫薇的距离。

（《地球，我望着》）

最后提一句《寻找东方红一号》的版本问题。之所以提到，是因为见刊的版本和所曾见过的电子完整版有相当出入。当然两相对照，也可以说不是问题。无非尺长寸短，各有所适而已，其航天情结的内涵则是一致的。"东方红一号"隐喻着东方复兴的主题，是王童内心追求的另一个在轨"空间站"。缘此，王童诗歌探索的脚步必不会就此终止，而他的诗路也将越拓越宽。

2023 年 8 月 1 日

目录

下弦篇

人世篇

散曲篇

后记

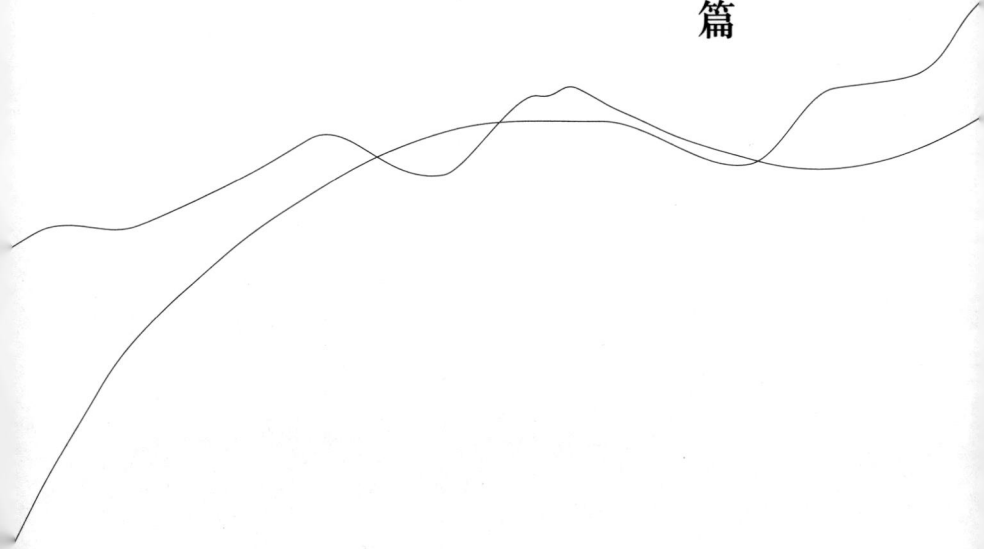

上
弦
篇

寻找东方红一号

一

每个人都有着两个的我，
一半蜷缩在树丛间，
一半垂挂在天幕上。
天幕上的我
戴着草帽居无定所，
树丛间的我
在枝杈的荆棘里钻来窜去。
蚂蚁在我的皮肤下爬动，
蚊蝇缭绕在我的耳畔。
门牌上刻着我生命的符号，
手机里藏着我定位的 RSA。①
另一个我骑在青龙的背上，
卧在狮子的怀里打盹，
畅饮着水瓶座里的甘泉。
我坚信宇宙仍在大爆炸中；
那倾泻的流星雨，
那划过天际的撞击，

---

① 此指人体密码钥匙。

都是这爆炸的余波，
滚动的火山，爬行的地震，
金星上的风暴，土星环带的炼狱，
是复合粒子起义的喧嚣。
我看见
蓬莱海湾被月亮牵引着奔向堤岸，
我听到
遥远的雷声滚动着身躯向前呼喊，
迸射的闪电把楼群映入眼帘。
楼群的窗口里有另一个我在号叫，
窗玻璃的反射凝聚着闪电的余光，
余光里折射出我眼睛的晶体，
晶体纷飞起斑斓的花窗玻璃。

二

我相信宇宙仍在大爆炸中，
它们催生着地球的山呼海啸，
它们掀动起火星的沙尘风暴
坍塌的雪峰翻滚着创生之柱的牵引。
我的手掌上有个星球的平原，
我的股指间矗立着太阳丘与月亮谷。
我握住时空的经纬，
让天空垂挂在我的脖颈上。
天空成我观海的窗口，
天空融进我飞行的梦想。
我观望着星辰大海的奔涌，

游弋进了龙门开启的江河中
鱼跃上了姮娥漫步的宁静海边。
梦境叠替进颅脑的圈层，
一串飞旋的精灵四处飘散。
巡天的矿灯嵌在我的脑壳上，
照亮深邃的穹隆矿脉
开采出了炭烧样的恒星系。
我看见你在向我扑来，
听见了
你求救的信号。
我的天目穿透你层峦叠嶂的封锁线，
第四宇宙连绵起伏地云崩顶裂
浮现在眼前。
我扩张的野心同膨胀的宇宙
在相互挤压中，
原子的裂变喷吐出了
灿烂的蘑菇云。

三

我在摸爬滚打中成了太空人，
穿上头重脚轻的宇航服，
切断了地心引力
将泰山扛上了云巅，
泰山是旅美大熊猫的绰号，
是《人猿泰山》银幕上的明星
是五岳之首的岱宗，

是我强健的四肢五体。
我飘飞在日月间，
我行走在玉皇的上书房。
帝子同我相伴，
金蛇由我狂舞。
龙灯舞上了大雄宝殿，
龙灯耍起了神舟的旋弧导轨。
头盔的屏幕外
我张开 O 形的嘴唇
吞下一颗滑动的小行星。
小行星在我的舌苔上旋转着、吞咽着，
我循着它的轨迹划进迷茫的黑洞中，
黑洞折返回，我坠到了石器时代。
三星堆的青铜头尊对接着飞船的尾部，
我的天眼插进了纵目人的天庭
组装出了外星的生命轮廓。
我扭动着太阳轮的方向盘，
奔行窥探到了天外文明。
那繁华的都市，那流淌的彩桥，
蜜汁的河水流光溢彩。
我执着地认为宇宙仍在大爆炸中，
它仍在释放着残余的能量，
它仍在发酵着热核中的酒酿。
我们生活在雷鸣之间，
我们聚集在暴雨之下，
我们在瞬息万变中
成了一个时代的弃儿。

四

蓝色的地球
在我腋下升了起来。
南半球和北半球交替旋转，
旋转中奔跑着各类动物：
报晓的金鸡，尖顶的犀牛，
伏卧的熊黑，蹦蹿的猎豹。
那赤橙黄绿青蓝紫的板块，
那斑驳凸起的嶙峋色调，
一处草木茂盛、牛羊肥美，
一地赤贫千里、饿殍遍野，
迎空的枪声此起彼伏在
褐色的夹缝中。
沿着太阳的光束我走着交叉步
万丈深渊的星辰闪烁在我脚下，
是磷火，是鬼火，
是连绵不绝的阴魂在燃烧。
我的情人是七千年前这阴魂中的一个，
她的黑发如瀑，她的眼睛映照着丹霞。
我融在她的怀抱中，我化在她的肌体里，
在巫山云雨间，分娩出了纵横交错的朝代。
朝代里走来了鬼魂中的李贺，
他的云楼门窗半开，他的老兔寒蟾哭泣，
他从窗口探出头颅，看到了李商隐的王屋山。
他躲在云母屏风旁，哀叹着长河渐落晓星沉。
往事越千年，

千年的走马灯悬浮在玉夫的座驾上。
我飞船的舷窗掠过一张面孔，
拿着《天体运行论》禁书的哥白尼，
触摸着五颗星的黄道位置。
五颗星飘扬到了旗帜上，
五颗星成了生命的坐标。

五

宇宙的平行线上
斜躺着量子的蝌蚪，
蝌蚪孕育出月桂树下的蟾蜍。
广寒宫的古风清曲传来了蛙鸣，
孤寂的嫦娥垂泪思念着郎君。
郎君们一个个老去，
郎君们代代相传。
矢志不渝地爱恋，一往情深地追梦。
漫天的情书雪花样飞舞，
繁衍的子孙痴情不变。
云阶将编钟乐舞
舞到了沉沉的玉界①
高山流水中的俞伯牙相会着钟子期，
阳关三叠
叠奏出离情别恨的思念。
支撑着天地的古琴，

---

① 指天空碧绿澄清的水域、仙境。

走过了三千五百年的路。^①

琴体凤身的头颈肩腰尾足，

对接出了一个个痴心妄想的人。

他们生活在数字的音符中，

863、921、神1、神10、神386……^②

古琴伸展开火箭的壳体，

古琴打磨出三个和声的轰鸣。

神农调试着悦耳的音质

尧舜谱写着天地交响曲。

天才的钢琴王子，

壮观的交响乐队，

在总设计师的指挥下，

欲让大地颤抖，

欲把天庭震响。

六

呼儿嗨哟

你骑着白马奔向了太阳，

你是齐天大圣

将神驹放出了危崖天堑，

马儿唱着歌，撒着欢儿，

脱出黑暗的栅围。

迎着东方的虹霓，超人在奔行。

悲怆超度着哈姆雷特的痛苦，

---

① 古琴长约三尺六寸五，象征一年三百六十五天，也象征着天地。此寓指。

② 指863国家高技术研究发展计划；921载人航天工程。

涅槃重生。

5 5̂6̂| 2 - | 1 1̂6̂ | 2 - | ……

蝌蚪在宇宙线上弹跳着，

弹跳进了东方红一号

581 和 651 此起彼伏奏鸣出

火箭的喷射。①

我看见闪亮的裙摆

快闪摆动出引力波的涡旋，

群星涡旋出盘古的开天辟地。

去给外星发送一份电报，

电报大楼的钟声传输着

我们酸甜苦辣的密码。

呼儿嗨哟，

这密码你们能破译出否？

这声音你们可以听得见？

我的卫星就在你们身边划过，

我的翅膀就展翼在你们的湖边。

我是你们的幽灵，

你是我们的谜团，

我们面面相觑却难见真容。

假如有一天，

你揭开了我的皮囊，

我显影出你的躯干，

我们将会融为一体，

创造出另一个世界。

---

① 东方红一号卫星工程的代号。

呼儿嗨哟！

七

已经过去了三万年，
已经跋涉了亿万公里的路程。
史前文明从海水中浮现出来，
亚特兰蒂斯号把大西洋的珍宝
装满了货舱。
集装箱里承载着理想国的金字塔。
金字塔下的波赛多尼亚①
如幻影战机在洪水中掠过。
我来到这岛上，
见到了高大的柏拉图，
他的深陷的眼眶充斥着智慧，
他宽阔的额头盈满了焦虑。
我随他进入悠长的洞穴，
在他的影壁后面
看到了真实的美索不达米亚高原。
那里的草场连绵起伏，
金牛与白羊在太阳风的吹拂下
觅食着宇宙射线的青草，
吞噬着真空排出的能量。
电磁场的山林掠过镝鸣的天鹅，
牧星人骑着飞马放牧着灿烂的星群。

---

① 史前文明亚特兰蒂斯国的都市。

我加入了他们的队伍，

用套马杆套住了那匹脱缰的烈马，

烈马叫哈雷彗星，烈马曾是秦始皇七年的座驾。

它的马蹄踏响着玉宇的皮鼓，

它的嘶叫呼唤着希格斯场里的共鸣。[①]

我捕捉着它，寻找着它，

我放出猎户的猎犬

嗅觅着它的气息。

那是 1970 年 4 月 24 日的夜晚，

那是我出生的一百个年头。

雾霾的深空迎来了繁星的盛典，

DFH-1 骑士加入了受阅的方队，

它的号角盘旋缭绕到了我的头顶。[②]

那一年，

7 号探测器登陆了金星

那一年

阿波罗第十三个兄弟返回了地球。

八

你醉了吗？

酒泉的酒是从天而降的甘露，

酒泉的引子是陶成道炼丹凝成的酒酿。[③]

盛酒的方樽远地 2368 千米，

---

① 希格斯场指一种假定遍布于全宇宙的量子场。

② DFH-1 是东方红一号卫星的代号。

③ 世界上第一个想利用火箭飞天的人，被称为"世界航天第一人"。

椭圆形的酒杯倾角 68.44 度，

开启喷射出的琼浆去开怀畅饮。

酒场的狄康师傅指挥着他的弟子们，

飞铲着古井中的醪糟，

让曲香飘散四野。

那天我用这酒水荡涤着自己，

那日历经磨难的甚众都渴望着痛饮一杯。

有个叫钱学森的魔术师

变幻着要将天捅个窟窿的绝技。

有个姓孙名家栋的毛头小子

骑在导弹上想入非非。

他们是众神，他们为群仙。

我加入了他们的山海经中，

结识了王永志、戚发轫。

我揿动了按钮，点燃了天火，

被强劲的东风吹进它的龙飞凤舞中。

正是从那刻起，

我随着它空翻过了大气层，

越出了冯·卡门线。[①]

在这分割线上，

穿梭着结绳记事的痴男信女。

三潭印月凸显出海客谈瀛洲的迷茫，

钱塘江水推涌出了钱镠国王册封的后人。

他睿智的眼睛射穿了星空，

他凌云的壮志唤醒了苍穹。

---

① 冯·卡门线是指大气层与宇宙的分割线。冯·卡门是钱学森的老师。

我欲因之梦吴越，一夜飞度镜湖月，
镜湖月拍响着大洋彼岸的波涛。
莫道是半壁见海日，空中闻天鸡，
吴越国走来了扭动乾坤的大力神。

九

我苦恋的爱情就在这星空间展开，
绝情的痛苦坠在太阳的树梢上飘荡。
阿佛洛狄忒让浪花沐浴出瓷白的玉体[①]
向我漂来。
我抚摸着她，我吮吻着她，
我迷醉在她情欲的海洋中。
我的痴恋从汹涌的波涛翻卷上了
连天的鹊桥。
分离是那样地长久，
送别是如此地漫长。
祁连山的冰峰将我们隔绝，
戈壁滩的沙尘暴将我们淹没。
女设计师是我的恋人，
女太空人是我梦境的情侣。
为了获得她的芳心，
为赢得她的垂青，
火箭上的螺栓在我掌心
旋转着翅膀，

---

① 希腊神话中爱情与美丽的女神。

液体推进剂填满了我的胸膛，
注入我的血液里。
我爱的力量倍增，
我情的勇气四溢。
我要越过须弥山，
我要渡过通天河。
从长城的砖头瓦块中钻出
去相会悲怆的孟姜女。
抽出哈姆雷特手中的剑刃
挑开福耳库斯狰狞的面孔，①
让奥菲丽娅在鲜花丛中复活。
孔雀不再悲鸣东南飞，
长恨歌已咏成欢乐颂。
七夕就在今天迎来，
情人节就在今宵破晓。
婚礼在太空行走的漫步中举行，
婚纱织成飞天的彩云曼帛翩跹。

十

我的古琴弹拨出了婚礼进行曲，
我的七弦连接到了天宫的宫阙。
我携手着女太空人
坐到了火箭喷射的花轿上。
54321 奏出浪漫的咏叹调，

① 希腊神话中百怪之王，怪物。

颤抖的星光划出绕月的曲线。
空间站成了我们的婚房，
核心舱铸就欢悦的爱巢。
我们欲到太阳系去蜜月旅行，
我们要乘着神舟号去游历翠微宫、
云影殿；阿提密斯、帕特农神庙。
双鱼跃起的蓝丝带，牡羊充沛的雨量，
双子交错的波斯湾，巨蟹爬动的葡萄园，
神话泛滥的爱琴海，
群仙在天秤座的平衡木沿
弹跳着波浪转体。
我听到了点火的口令，
看到了燧人氏忙碌的身影。
他燃放了礼花，
他纵火了天庭。
他舞起了雄狮，
雄狮把地球的蓝宝石衔到了
火焰山的顶端。
我把宝石打造成一枚钻戒，
把它分割成一串项链，
钻戒套在女王的无名指上，
指尖联动着海誓山盟的承诺。
项链缀着星星索
闪烁在织女的雪颈上。
东方红一号鸣笛的时光
从北京站人流的头顶划过。
我寻找着一个人，

我回首着一段历史。

十一

你金碧辉煌的故宫
云走着飘仙的宫女。
你浪漫奢靡的凡尔赛宫
浮光掠影着路易十四的风光油画。
克里姆林宫的沙皇将东西合璧的塔尖
撞响出了幽灵般的钟声。
我的宫阙建到了南十字座下的
天门里,
我的天宫织绣着星斗,
镶嵌着月光宝盒。
玉英殿盛开出牡丹、
碧春堂绽放起白玉兰,
瑶池塘里荷莲争相斗艳。
开花的星云遍布我的景区,
游弋的船帆穿梭在潟湖旁。
我星轨上的太阳转动了
地球的四季风云。
我高铁的动车驶过
赫拉克勒斯的武仙洞,
穿越北冕峪的长城,
聆听到了峡谷里天琴的共鸣。
高铁迎来了神舟的兄弟姐妹,
他们在三室四厅的驿站里欢聚,

他们在 T 状的户型间搭建居家。
仙境飘然而至。
海鸥在碧空里翻飞，
人在虚幻中行云流水。
海潮拍岸到了观海亭，
海浪把星月推涌过了天宫的门扉。
门外的苏东坡凝望着炬火，
猜测飞焰照山栖鸟惊，
他看着我的飞船
叹曰非人非鬼，
此已是新筑成的苏堤。

十二

这里的时间早已蒸发，
岁月早被抹去。
天宫的大门洞开，
光线滑行出远山。
我的第六感觉
潜行至万物的夹层里。
我双腿支撑开一个圆规，
画开了一个半径，
划开了一条江河，
我迈开步伐行走过无数的
穷桑林。
那些洪水猛兽，
那群魑魅魍魉，

在风起云涌中
从天边卷来。
我挥起长矛，
跨上铁骑，
指挥着铁甲兵团，
迎击着狰狞的夕兽。
我同它们厮杀得日昏地暗，
让黎明的血染红了东方。
我放响了冲霄的夜明珠，
迎来360圈转动的又一个早晨。
这早晨是人世的，
这朝霞披着淋漓的血衣。
我的大脑中枢神经扭结成了
清明上河图的闹市。
我同张择端并行在拱桥上，
举步到了建木的台阶端。
我依栏俯瞰穿行在暮霭岚烟里的
牛车人马，
展开了那幅垂天接地的画卷。

十三

手擎住了一支曲线头锥的笔，
笔泼洒着千里江山卷的神韵，
清明上河图描摹到天宫的幕墙上。
我的书画院聚集了各路画坛怪才，
呈现出蓝色星空的凡·高，

让天马穿云破雾的徐悲鸿；

制作成飞碟的达·芬奇，

蒙娜丽莎露出了

鬼魅的微笑。

我的身手撑起一个平行四边形，

四边形是火箭的发射场，

发射场上的维特鲁威人

从十字架奔上了天堂。

拔下整流罩的笔帽，

颜料注入了火箭底部，

新墨研磨出硼硅烷，

我蘸着硼氢化钠聚合出的涂料，

把张旭的狂草书写到了天门侧，

抽象的画意喷溅至开屏的孔雀星上。

我成了天宫的宫廷画师，

素描素写着太空人飘逸的身姿，

装潢着空间舱四壁的云海奇观。

盖亚已乘船远去，

震旦东方初升，

蓝色的地球敞开温暖的怀抱。

我描画着它云谲波诡的风光，

透视着它乾坤交错奔放的线条。

河洛图转动着星宿变幻的魔方，

太空人的眉眼唇舌同天神重合在一起。

他们在凸显，他们在交融，他们在凝聚，

他们的脸庞交织出八魁九纲的层次，

彗星的天刷涂抹出了耶稣受难的挣扎。

神话中的加加林，传说里的阿姆斯特朗，
航天史上的杨利伟，指令出星云的聂海胜，
拥抱着阿波罗的翟志刚……
八仙游过了星海，
飞天女从洞窟里旖旎进了空间站。

十四

你在问天，
我在天问，
屈老夫子问了上千年的天。
天是四四方方，
天是端端正正。
皇帝是真龙天子，
宙斯是天的主宰。
问天阁是我们奔向宇宙的
灵霄殿，
三闾大夫是我们资深的学者，
他深邃的眼神疑惑地游移在星空，
他的眼镜腿套着串串的问号，
他的长鞭驱赶着牧夫牛羊，
他用计算尺丈量着天际的距离，
日月安属？列星安陈的数学平方。
他计算了万载千岁。
穿梭着时空，飞越着晨昏，
研究室主任殚精竭虑。
他们查阅着《甘石星经》，

推算着魏赵人摆布出的恒星序列。
祖冲之将圆周率画满了碧空，
张衡把浑天仪扛到南天门顶，
落下闳蟠龙山支起纵目的望远镜。
云水中激荡的地球
漂浮到了霜天的心脏。
朱雀从门楼上飞过，
玄武露出强壮的肌肉，
他骑着白虎，奋战在梁楚，
他奔行在巴蜀秦州的地界。
他的左旌右旗迎风招展，
他的铁牛横过了江河。
丹元子在步天歌里放飞了火鸟，
英娘让月光洒满了灵台。
列国圜围着白象黑熊，
七星北斗绚丽着长空。
我的轩辕氏走进了紫微宫，
我的齐越国人游逛进了天垣市。
我抢购着市井里的荔枝，
我摘来眼冒的金花装扮着居室。
店家的北鱼蒸腾起红烧热气，
煮熟的烤鹅香气四溢。

十五

我迷恋着湘夫人，
他飘雪的裙带抖动着星花，

她袅娜的身姿依偎着醉月。
离骚的新曲谱写在南屏晚钟旁，
我飞船的笔涂鸦着起舞的皓月，
我泼洒的颜料装扮着缤纷的宇宙。
桂树的种子播撒出了绣楼的金窗，
九嶷山上迎接着天问的雅典娜。
栋梁上的桂木，桁椽上的木兰，
打造出新的问天舱
你辛夷的门楣，你白芷粉刷的幕墙，
把光年的路标镌刻在导轨上。
推开天王殿的宫门，
你用航天的火箭笔
书写着两弹一星的传奇，
那个赵九章，
那个左徒的书童，
隽永的名篇在他的姓氏里
吟诵在了太空。
我爱着远方的姑娘，
她是织女的闺密，
她是缪斯的姊妹。
夜色已把我包围，
黑暗将我吞噬。
追梦的光焰照亮了我的心房，
思念的火炬传递上了珠峰顶。
嘉木上的金橘滚落出了星兮月兮，
菩提树结满了闪烁的果实，
王母的蟠桃在我的果盘里熠熠生辉。

我已长出了翅膀，

我已生出了双翼，

我的机械臂组装出望舒的车轮。

我在飞奔，我在翱翔，

太阳扑面而来，

星辰波涛汹涌。

十六

我是幻想的产物，

我为梦境的延伸，

我想推脱掉我的天，

我欲打开我的梦。

恶魔与天使纠缠在一起，

诞生同毁灭盘根在一处。

生当作人杰，死亦为鬼雄，

我在光速里逾越了七级浮屠，

这是天国里的塔，

这里有人间的灵。

你闭上眼睛合上双手，

心里默念着渡尽劫波的彼岸。

发射塔孤零零矗立在黑暗中，

暗夜中的鬼伯围着灵塔喷吐着毒舌，

黑洞里传来野兽的嘶鸣。

噩梦缠身

姚桐斌惨死在棍棒下，

星月相撞

郭永怀魂飞九霄。

我在金星的背面

看见了邦达列夫坠月的身影，

在蛇夫的面罩下

找到了科马洛夫的尸骨。

麦考利夫悲壮的课堂

挑战着福柏托耳的噩梦。

我的发射塔再次耸峙了起来，

这是欲腾空而去的大雁塔，

是东风型的擎天柱。

圣彼得堡的拉赫塔

对接着科罗寥夫的轨道

埃菲尔铁塔

沐浴着战火的硝烟。

探身鸣钟的比萨斜塔，

记录着伽利略的落体实验。

迈阿密的自由塔呼唤着

卡纳维拉尔角的登月人。

我发射架的顶端燃起朝霞，

我的东风塔呼啸着柱天踏地。

十五亿光年外星的呼唤，

传递到了东方明珠塔的波段里。

十七

由东向西，由西向东，

我仰望你，我探寻着你。

你红色的眼眸注视着我，
我躯体的旋转迎接着你。
有一个女孩要去火星，
有一个男孩已从那里归来。
告别路易斯安那的故乡，
返回伏尔加河畔。
断绝探望地球的路，
从红色的地底钻出。
波力斯卡引导着艾丽莎，
我的祝融已点燃了那个星球。
我将去登月，
那里已有等待的女子客栈。
我要越过海王星，
那方早存护卫的东方苍龙。
闯开黑障的煎熬，
摘星的妈妈唱起了儿歌，
拓开飞往天宫的通途，
返回舱携带着太阳的光焰。
东方红一号的家族传宗接代，
东方红卫星的子孙遍布寰宇。
你手上的北斗导航，
你眼神中的山呼海啸，
你头顶的气象风云，
脑皮层已剥开了一个新世界。
我的指纹点开上帝的密室，
我的印章是人工智能的姓氏。
战星已列队，号角已吹响，

新年的钟声撞击着天坛的回音壁。
孤独的轩辕御驾着早春的黄道，
祭天的仪式庄严肃穆，
黄帝的大典已连天接地。
我在老庄的气场里出神入化，
我从儒释道的迷津中苏醒过来。
我的宝剑亮闪闪，
我的剑客直上碧落台。

十八

度过了九九八十一难，
跋涉出万水千山。
我运载着神话，
我发射着传说。
我的飞船叫神舟，
我的居所叫天宫。
我为众神，我是群仙，
我们在此设宴；
我们在这开舱放粮。
酒泉的酒芳香四溢，
邛海的毛蟹从巨蟹座里出锅，
太原的削面削出宇宙的射线，
双子生的文昌鸡口舌生津。
宴会大厅聚集着太空人，
聚拢着航天团队。
发动机里坐着后羿的弓箭手

发射台上挺立着帝俊的鼓乐队。

那些年轻的设计师雄心勃勃，

那群竖起宝塔的工匠壮志凌云。

那个呼喊点火的张积华

让火炬点燃了黑暗的天幕。

那个话筒前歌唱的女高音，

让歌声穿破了大气层的壁垒。

东方红一号划破宙斯的手掌，

东方红的旋律回荡在琼楼玉宇。

我弹拨着神曲的副歌，

我的高山流水从昆仑山巅倾泻而下，

我天籁的琵琶反弹着天女散花的交响。

那序曲的黎明飞起绕日的群雁，

那前奏的金声唤响了九歌的合唱。

屈原脑中的疑团已烟消云散，

湮灭的楚邦已浮现天柱的尽头，

先王的宗庙已建成凌日的空间站，

尧舜的臣民已攀上绕月的天梯。

十九

一切似乎都从公车上书那刻开始，

车轮转动着举子们的鸿鹄之志，

车轮碾滚着时光轴转动。

空气凝结在甲午年间的硝烟里，

太阳旗在空中放出喷射的毒焰。

推动日月的梁任公

成了独占风车的堂吉诃德。

他流星般地滑向了历史的背面，

他的车轮脱轨抛出了问天的导索。

那几块殉难的陨石在撞击声中，

撞响出了唤醒的哀鸣。

宇宙在摧枯拉朽爆炸的衰变进程中

催生出了新一代的《少年中国说》。

你在孕育，你在成长，

你生命的基因在爆裂的纷争中

重新搭载起新的攀爬天梯。

为了挣脱专制的引力，

为了摆渡过人生的羁绊索，

让璀璨的星辰架上过河的金水桥。

我看见，在茂盛的植被丛，

梁家墓园小儿子的碑石上

镌刻着梁思礼向饮冰室主人告慰的火箭。

火箭携带着《向太空的长征》的草鞋

飞向了太平洋。①

在南仁东天眼的瞳孔里

我观测到

212796 号小行星划过天际，

我遥感到

212797 号乐谱与他合奏着小夜曲，

郭永怀拥抱着李佩闪耀在银河的两岸。

有一本《工程控制论》的书

---

① 梁思礼是梁启超的小儿子，火箭专家。著有《向太空的长征》一书。

从庚子赔款屈辱的字里行间书写出，
智慧的星光掠在监禁牢房的墙壁上。
它从御书房飘落到人间，
它讲述着星际航行的历史，
它铸就着天梯的每一个台阶。

二十

到西天去取经，
到西方去寻找极乐世界。
伊甸园里亚当看守着果树，
柔情的夏娃四溢着柔情。
崩散的九霄是我们再生灵魂的归宿，
我们迷失了方向，
失衡的罗盘掉入无尽的黑洞中。
亚当已被驱逐出芳香四溢的田园，
夏娃给拐卖到了异国他乡。
东方的灾患遮蔽住了天国的琼浆。
战乱，残杀，纷争，教派，
流落的难民成上帝的弃儿。
走过了迷途，绕过了险滩，
那个诞生地，那个耶路撒冷
就在我们脚下。
我们在哭墙前痛哭，
我们在清真寺里礼拜，
我们看见复活的耶稣由此登上天堂。
这磨难砥砺的意志旷日持久，

这沧桑苦海的煎熬千秋万代。

你诞生了，我消失了，

我们携手登上东方红一号。

这寿命只能存活二十年，

它已顽强绕行了地球

19345 个昼夜。

我将转世，你会永生。

围绕着生命之树的旋转

旋转出了一个个青年才俊。

这是东方

是福音神启渊源的居所，

是东方博士的智慧领地。

我牧星着东方红一号，

驱动着它奔向浩渺的以太青空。

寻找着它生生不息的回声、绝响。

东方的星空

我炽热的爱

填满火箭的胸怀。

我分离的思恋

寻找着热吻的红唇。

这红唇在霞光中凸显着渴望，

这思恋跨越过日月的天梯。

爱情的考验是那样地长久，

日月的等待是如此地煎熬。

一万年只想追逐那颗心，

诸世纪只期望寻觅到那双眼睛。

天舟从海水里浮了出来，

天和在晨光中建起了楼阁。

舟船划过银河，

神风掀起星海。

那是苦恋，那是孕育。

那是母腹，那是诞生。

三个好汉，三个水手，

三声指令划破深邃的黑暗。

膨胀的宇宙托举着新生的力量，

弯曲的时空垂落下四维的天幕。

我唤醒了青春，我缩短了期盼的距离，

这盈盈的执手跋涉了千百年，

这咫尺的新房等待了亿万载。

我跃出黑洞的洞口开始新的生活，

我脱开地球引力告别了凡世的桎梏。

浩瀚的宇宙飘荡着吟咏悲欢的诗句，

迷茫的星空奔行着闪烁的灵魂。

天是我的门，月是我的窗，

我复活了屈原，我走进了问天阁。

大象在北进，庄子在"南巡"，

家和万事兴，天和万物开。

我对接着量子的隧道，我对接着时光胶囊，

我的时间舱盛满了回首往昔的流金岁月。

那弧形的轨道，那旋转的波长，

天鹅座的呼叫传来湖边求爱的信号。

我的五颗星已组合新的星座，

我出舱骑上腾龙的天马

挥舞着这飘扬的旗帜。

我在流火的七月中

举起了五星出东方的织锦。

嫦娥的眼睛（组诗）
——观月球土壤有感

我相信嫦娥有一双美丽的眼睛，
她的眼睛闪烁着群星，
她的眼睫围绕着地球的山林，
她的瞳孔透视着浪漫的柔情。
千家万户窗前流淌着她银色的光阴，
连绵的琵琶反弹着她的小夜曲。
她的琴弦拨动着万籁长调，
她的下弦滑行出夜莺的洞箫。
她的眼眶启开碧落坤灵，
她的眼轮罩着尘世黎民。
她忽而笑眯成了蛾眉，
她须臾垂下羞涩的眼帘。
她转过身，暗夜的阴霾将她遮蔽住，
她侧过脸，狂风暴雨肆虐卷来。
穿行在烟雾的她飘带垂着风浪，
飞翔在海市蜃楼的她舒袖长旋。
推开舷窗，帆船在她的眼波里航行，
迈进庭院，霜天从桂树倾泻而下。
她的眼光照耀着山川河流，
她的眼神捕捉着西厢情侣。
辛酸的泪水让她倾泻成了河，

苦难中的期盼她望穿了九重云寰。
妖孽兴魔让她怒睁起双目，
她杏核的眸子闪出潮汐的愤怒，
她丹凤的眼睑撑起擎天的弓弩。
她是宇宙的窗口，
她在苍穹里抛起绣球。
彩色的玻璃拼出童话的传说，
眼壁的晶体放射出绚丽的光束。
我相信嫦娥有一双明亮的眼睛，
她在垂视着芸芸众生的兴衰，
她在抚慰着纷纷扰扰男女的悲欢。
她的眼睛降临进了人间，
降临进了历史博物馆。
五姐妹围着飞船在翩翩起舞，
她罩在玻璃的晶体球里，
她和人类对视交流着。
她看到了追梦千年的华夏族群，
她找见了传情万载的春江花月夜。
她生命的土壤播撒出新的稻种，
她的眼睛要看到丰收的季节。

你好！火星

一

这是第一声问候，这是第一首乐曲。

这是跨越四亿公里的探亲旅行。

击神鼓，扬灵旗，那赤色的眼睑睁开了期盼的渴求。

挥长剑，旋白虹，春天的稻种从玉盘里播撒过来。

屈原在天问，山顶洞人在问天，三闾大夫挥洒着新的篇章。

长征五号垒起穿越火焰山的天梯，红军团跋涉到了遥远的天涯。

突破那瘴疠肆虐地球的屏障，闯过那阻挡神舟起航的封锁线。

第一号的指令传来荧惑升腾的闪烁，第一步的攀缘登上奥林帕斯山顶。

火星的太阳升了起来，火星的月亮照耀着古蜀人的面孔。

天问已有了答案，问天已传来了回声。

太阳系的旋转抛起了投向水手峡谷的戴森球，

戴森球空心进土星环带的篮筐，迎来了大力神的暴扣。

登月的步伐越过了横天的栅栏，背飞进沙丘膨起的海绵坑。

嫦娥犁出的沃土培育新世界的田野，牛郎的旅行迎来探空的龙灯。

望舒抖动着斗柄的缰绳，羲和的驾驭飞奔过花丛的田野。

鲜花抛撒到人间，鲜花装扮着锦绣山川，鲜花簇拥进新春的花房。

二

生命的起源，生存的迷津，渗透在那团朱砂之上。

有一个火星男孩，预测着人类的未来。

有一位轮椅中的痴魔，欲想在飞碟里旋转。

圆圈的眼镜套着 ET 的头颅，越野的自行车绕行在冰湖边。

车轮奔行着巨蟹星座，车轴转动着星轨的交错。

它是我们的远亲，它是我们的近邻，它是我们的挚爱。

环青海湖拉力赛，环太平洋冒险漂流，环日月循地球飞行，

燃烧的祝融旋转出迸溅的繁星，繁星中穿行过驰骋的战车。

战神的骑士闯过森严的火障，跃出深黑的陨石堑壕。

玛尔斯的大军破土而出，进攻的号角响彻远古的山谷。

你是杨家将，你为赵子龙，你是该出手时就出手的梁山好汉，

御敌的烽火燃遍了塔尔西斯高原，奥德赛的史诗有了光速的韶韵。

你将打扫战场，你欲收拢残阳，你聚集起千军万马穿越天庭的大殿。

你的将士随郑和横渡过彩虹凌空的红色海洋，秦皇的螺舟从海底浮出。

荧惑守心预见着未卜的前程，龙凤点睛天道系绳墨而去。

吟咏离骚的左徒随颛顼飘散，文昌星君赋比出汨罗江里的魂灵颂歌。

三

战火熄灭了，硝烟消散了，战神成了星际大使，

沙尘暴刮过的静谧山川迎来祥瑞的曙光

火星我们来了，火星我们展开垂天的年历，

年历上铺展起你们星云起伏的风光，

我们撑起阻挡流星雨的遮天伞漫步到你的庭院。

你们的地宫潜藏着庞大的兵马俑军团？

你们的地穴可否打开人类蜕变的通途？

砾石铺满的道路上有无欢欣的队伍？

我们的日日月月，我们的分分秒秒，我们的时光隧道，

将迎来你们四维空间的回声。

我们的费米假设，我们的哥德巴赫猜想，

假设着你们螺旋高级动物的基因，猜想着你们存活的叠加倍数。

震旦从月轨上划向了你们的天空，隔绝的彼岸交织起星月的呼唤。

火星，你好！你在我的追梦中把现实拆成了碎块。

火星，你好！你把我的幻想铸成今日的家园。

我的足弓踏上你的田埂，我的双手推开你的宅门。

你将迎来痴恋万年的似火爱情，你在我的热吻中羞红了脸颊。

天和人

——仰望天和实验室升空

一座城市建在了太空之上，

一个礼仪之邦诚邀着八方来客。

客从云端中来，客从星辰中恭贺。

上帝之城放射着璀璨的光芒，

人类的智慧在光束中四溢在天河。

那座神仙屋腾云破雾而出，

出现在祖冲之的圆周率中，

出现在钱学森的计算尺间。

海市蜃楼举头到了明月里。

那处驿站，那个高脚屋，

将迎来群仙的欢宴，

将舞起敦煌飞天的霓裳。

霓裳曲奏出天籁的中国狂想曲，

星星索织出小楼的彩灯，

彩灯闪烁着天和的迸射。

与天和谐，与地和谐，

与太阳并行，与月亮欢飞。

这博大的胸怀承载着宇宙的运行，

这壮怀的理想融进光年的瞻望。

三星堆的实验室轨道舱上开出平方，
冰与火的撞击漂浮出旋转的粒子。
你身轻如梭地穿过时空隧道，
你飘然欲仙地把安居工程建在了
海河边的天津①门里。
我想成为第一个访问学者，
我想入住第一号民居，
我想由此穿过京津冀的高速公路，
奔向大海，奔向喜马拉雅山。
珠峰巅的五宫女种植着云朵的棉花，
棉花絮织出织女座梭出的宇航服。
宇航服中出现了我的面孔，出现了你的容颜，
出现了华夏大地春光明媚的生机。

---

① 天津为太空中的星座名称。

梦的对接

一

那是颗闪烁的紫微垣，
那是座蒸腾起的紫禁城。
五颗星汇聚在一起，
五颗星交错在一处。
它辉耀着日月，
它照亮着寰宇。
故宫上空飞过历史的回声，
太和殿日晷对接着玉帝的寝宫。
这是三潭印月映出的楼阁，
这是春江潮水推涌出的亭台。

二

你碧瓦青砖，你雕梁画栋，
云走着李清照，飘飞着李昌谷。①
海水的浪花串起水晶球，
稻菽的芳香四溢在庭院。

---

① 李昌谷为梦天诗人李贺的别号。

姮娥在玉镜前梳妆，

后羿组装着望舒的车轮。

你在梦天，我在梦地。

我踏上你的天，你旋开我的地。

隔热瓦砌出灿烂的屋顶，

助推器垒起灵霄殿的立柱。

我的天地已倒悬在星宿间，

我的空间站已成众神的居所。

三

梦见了太阳，梦见了月亮，

梦到了古观象台，

梦到了中国天眼，

梦见了石申和张衡，

梦见了钱学森和郭守敬。

白帝城在梦境里闪现，

巫山云从幻镜里飞卷。

那擎天的火焰，

那耸峙的脚手架，

把九龙壁围聚在了天宫侧。

四

我睡在实验舱里，

我梦的海洋冲刷到了深空堤岸，

我心的原野扩展到了浩渺星空。

我飞檐走壁在五脊六兽顶，
我飞翔在骑凤仙人上。①
我的摩天楼已穿越过了南天门，
我的摩天轮已旋转出盈月的梦。
这是我们的光荣之家，
这是万户的骄傲之门。
他们仰望着喷射起的红孩儿，
他们把金箍棒矗立在云巅。

五

长征的路途是那么地遥远，
砥砺的跋涉是如此地艰难。
围追堵截的封锁穷凶极恶，
千沟万壑的打压盛气凌人。
你要将塔楼拆掉，
你要把空间站移出阿波罗的领地。
我们是女娲的后代，
我们是盘古的子孙，
梦天的诗章早就写在
历史的扉页上，
问天的吟咏一直撞击着天坛的
回音壁。

---

① 颐和园屋顶神兽的名称。

六

我的梦展开了双翼，
我的梦对接着远古和未来。
空间站是建筑师的洞天，
实验舱为鲁班爷的杰作。
周公解析着梦的迷津，
老子推开玄妙之门。
地球的风云旋转着生命的呼唤，
梦眼的天空承载着万物的追索。
我对接着霞思云想的希望，
我将由此登上月球。

寰宇中的航天城

那纵横交错的时空弧线，
那旋转刺破青天的帆船，
拖曳着一座航天城奔向了太空。
这航天城在东风的基地上，
这城郭映在碧波的湖边。
水珠溢出引力的波段，
水滴涟漪出了圆周的荡漾，
掷空的光碟迎来了寰宇居所。
我生活在这城池，
我点燃了生命之火。
我的公交是喷火的战车，
我的高铁是穿云破雾的火箭。
这城里往返穿梭着航天员，
这楼层奔波着梦幻的设计师。
他们让人长上了翅膀，
他们让鹰失去了幻想。
他们把货运漂浮进了超市。
超市纷扬起诱人的蟠桃，
超市旋转开群星的欢笑。
开启出酒泉牌的香槟，
痛饮着青空的甘霖。

那一刻出舱的快感，
那一瞬伴星的漫步，
是羽仙的化蝶，
是贤君穿过的天道。
天道奔行过多路客车，
天道盘山过缭绕的星云。
光速中的航天城点燃了霓虹的星灯，
星灯辉耀着千年的煜熠，
星灯排列着今朝的记忆。
我站在城市的塔顶，
我俯瞰着朝日掠过的街景，
航天城展现着飞天的壮丽。

神舟穿越

套圈的陀螺滑行在蓝天的冰面，
螺旋的高速路交错着急切的思念。
你望穿了双眼，吾在渔舟唱晚。
指令长迎着星辰的沉浮，
越野的东风盘绕在立交桥的叠层。
车窗前穿梭过欢腾的骆驼，
骆驼牵引起返回舱，掠出太阳的容颜。
你呼啸着蒸腾四野，你的回声荡漾过大气层，
你的居家已从太空迁徙回地球村，
家园的地标矗立在北纬 41°11′ 处。
门牌上刻有出舱大侠翟志刚的履历，
鲜花丛中女儿呼唤着母亲的归来，
绿叶间抖动着叶光富大校的敬礼。
妈妈的发髻散射上喷薄的扶桑，
水珠的彩球迸溅起缤纷的梦幻。
人的细胞在太空中解剖开来，
世代的物种播撒进云间的田垄，
你在漂浮中拨动着生命的罗盘。
跨越三百六十公里路的天堑，
扭动着一百八十三个日旋地转的时光轴。
你似天外来客，你如群仙漫游。

来讲一讲海奥华的奇遇，

来述说下太空行走的浪漫。

告别了核心舱，离开了地球的瞭望塔。

你将再次去长途旅行，

你会在光年的折射中计算出

震旦的圆周率，

圆周率上奔跑着新的天梯梯队，

搭上鹊桥，建起楼阁，

明天的日月会飞架起人间的通天塔。

牵 梦

一

攀岩过伏牛山的山峦，
穿上宇宙飞船的鞋靴，
去寻找我的恋人。
思念的痛苦星宿垂泪，
分离的折磨万箭穿心。
我不是牛郎，
却赶着集束的牛群在奔腾。
我不是织女，
却在织着卫星的太阳帆板。
一缕折光，
折现出了反弹琵琶的蛾眉。
一个三角形的日月星辰辐射，
飞舞起了袅娜的光速飘带。
一座中转的驿站，
沿着鹊桥的天体绕月飞行。
脉冲的电波，中继的网络，
迎来了月神的座驾，
盼来了越过环形山的专列。
专列穿凿开暗夜的隧道，

CHN 嫦娥四号牌照闪耀着新大陆。

二

望舒的高铁拖曳着曲线的月轨，

月轨上的车轮奔向天籁馆的殿堂。

六点五万公里拉格朗日，L2 点的 Halo 使命轨道，

敲开了广寒宫的耳门，

叩动了玉桂的北窗。

桂枝探向海洋，

海洋的城邦住着华夏的家族，

海底的珊瑚礁藏着"蛟龙"号。

"蛟龙"号已将海鸥的翅膀托出了海平线，

海鸥与喜鹊欢飞在一起，

海鸥在鹊桥上奔向太阳。

CHN 嫦娥款步走上了红地毯，

婚礼将举行，节日要庆典，

新年的钟声在月坛深处敲响。

还有一百公里，还有五十公里，

飞临到了北京，看见了上海蜃景，

广袤的草原就在眼前，

渤海湾帆船点点。

变轨，刹车，紧固制动，

绵长的爱情期盼中到来。

三

织女在煎熬中等待，
苦恋的牛郎望穿双眼。
一二三级的火箭是鹊桥相会的引线，
这伟大的浪漫在中继星的传递中展开。
我认识了你，你认识了我，
陌生已成相识，隔绝已蜕变朋友。
织女已生子，织女已诞生无数个繁星，
嫦娥CHN让牛郎喜上眉梢，
牛郎织女在银河边建立了新的家园。
世界变小了，宇宙浓缩了，
方寸间寻觅到遥远的知音。
嫦娥我热恋上了你，我要把你揽在胸前，
我要亲吻你的面庞，我要抚摸你的玉体。
探月三期飞行实现了我的梦想，
织女沿鹊桥送来了新婚绣锦的棉被，
望舒将拖载着我们去蜜月旅行。
我是CHN的一子民，我是嫦娥爱情的结晶。
我的爱在皎洁的月色里普天光照，
我的激情挥洒在日月引力的潮汐中，
我要将月亮紧紧拥抱在怀。

太空中的丝路花雨

英娘的彩带飘了起来，
金光系绳环着旖旎的裙摆。
反弹琵琶演奏上了太空，
古琴的瑶音伴星绕月，
那是嫦娥的飘带翩跹相约。
你的霓裳羽衣已凌日飞翔，
你的凤髻螺发垂成了天庭的门帘
丝路花雨缤纷到了仙女座驾，
一带一路从敦煌辉耀着孔雀之家。
你奏响着天琴，
你放飞着天鹅，
你在星辰大海上举桨划舟。
你的机械手臂拨动出了阳关三叠，
你轻盈的舞步悬浮到了搔首问天的
曲牌上。
那里有众多的神女，
那里有群起的婵娟。
芳华岁月流金闪烁，
壁画中的仙娥已脱窍成孤鹜飞霞。
伊努斯的驼队跋涉万里而来，
洞中的灵魂推开了石门跃出。

你是翘首仰望的莫高窟。
莫高窟已建在了云端，
千佛洞游走出相会的彩佛，
赤橙黄绿青蓝紫涂抹着众神的面孔。
藏经洞藏着星空的奥秘，
月亮湖映照出飞天女的真容，
丝绸之路舞动起蟒蛛的彩虹。

出舱去

一

出舱去
你是秦皇的螺舟游弋进星辰大海，
你是银河号潜艇浮出深渊般的黑洞。
你的臂膀天足拉撑着宇宙的平行线，
你飞翔的快感让每个人变成了风神。
潜航的战舰推涌着群星涡旋的引力波，
弧形的穹顶覆盖着半月的碧水天际。
闪电在云霄下闪烁，
雷鸣在航天靴底滚动。
你站在雷电之上，
你悬在太阳之巅，
你漂浮进了另一个世界。

二

出舱去
这纷扰的尘世在你争我夺，
这喧嚣的人间在不停倾轧。
病毒无情地惩罚着贪婪，

窒息的锁链阻挡着青春的气息。
你是燧人氏的后代，
你的金刚钻石取来冲霄的火焰。
火焰焚尽肆虐横行的瘴疬，
火焰喷射出太阳的光束，
燃烧到了哪吒的风火轮下。
风火轮绕行寰宇，
风火轮飞旋出舱外。

三

出舱去
每个人有一方星空，
每个人有片大地。
你的星空挂壁在穹幕之上，
你的神话垂帘于玉帝的回廊。
御书房典藏着你永生不灭的轮回，
时空潜伏在相对论的袖筒中。
你的大地奔行着飞禽走兽，
你的玉宇交织着参宿星相。
你属龙，你蛰伏在天龙座旁，
你牛人，金牛座哼唱着卡门序曲，
序曲中的黎明迎来人类的早晨。

四

出舱去

外面的世界真精彩，

出舱去，

繁盛的星辰就在胸前掠过。

你中的我，我中的你，

帆船划行在渔火闪烁的大海上。

我打捞着爬行的巨蟹，

我撒网着跃起的双鱼。

天鹅从潟湖边飞来，

天琴奏鸣着猎户的笛音。

出舱去，

我已是一颗星，

我的星图早就缀在

金鸡昂起的头盔下。

六个人的会师

对接的船榫插进了空间站的房梁，

装修出的穹隆迎接着方面军的会师。

会师在腾云驾雾的吴起镇，

会师在通向星宿的天安门。

洗却征尘、拂净硝烟，

跋涉过横天的屏障，

火箭劈开深空的腊子口，

壶口瀑布激荡起喷射的轰鸣。

你的路是如此地漫长，

你的崖是那样地艰险。

雪山的云海凝结着你飘浮的脚印，

泥泞的草地浸透着你生命的攀爬。

草鞋蹬踩上捆绑的发动机，

布衣罩上悬空的航天服。

喷射的鲜花在天河中盛开，

货运的酒香迷醉了星群，

星群在欢聚，星群在歌唱。

我们有了一个新窑洞，

我们建起了一座大礼堂，

六个人的会师跋涉了千百年，

六个人的方面军助推着长征的呼号。

会师在喷射的火焰峰上，
会师在绕月的导轨端。
垒起新居的欢庆，
恭候家人的喜悦。
凤凰广场洒满月光，
杨家岭连接起耸云的宝塔山。
伸出你的手，敞开你的胸怀，
拥抱着神灵部队的战友，
执手彼方飞人的指令长。
吹起集结号，拉响远航的汽笛。
一个大家庭的欢聚，
一张外星人的面孔，
绽开无数男女的笑靥。
我的梦已被盗走，
我的魄已上九重阁。
穿过玉轮，划过日冕，
舞起迸溅的花雨，
劈开喧嚣的街市。
你交会对接出了一方颐和园，
你穿梭过月门下的彩画长廊，
六个人会师着亿万人的期待。

致邓清明

痴心地等待

执着地追求

只为了那颗星

坚毅地修身

耐久地历练

只为了那片云

星在心中闪耀

云在脑海里飘飞

二十四年的等待

二十四个春秋的期望

岁月的辙痕拉远了生命的导轨

火箭的阶梯缩短了太空的距离

渴求着穿破火焰山的隔温层

盼兮着挣脱引力的再解放

你在点火的升腾中涅槃重生

你在喷射的展翅中龙旋九天

你的心灵已不再孤独

你的思想喷薄而出

空间舱等待着你

新家园迎接着你

你的兄弟姐妹将同你一起欢飞

你心中的海洋会涌起惊天的波涛

去吧

你耳畔的歌声会一直缭绕在星空

你坚忍的意志要打造出一个新的天地

去吧

你携带着雄鸡一起翱翔

你拥抱着亿万人的梦想同游寰宇

致陈澈

我知道
人的躯体是个宇宙，
我明白每一个细胞
是星星的组合。
脑垂体牵动着运动思维，
脑桥下划动着记忆的潮汐。
陈澈是清澈的流淌，
陈澈有探幽的双目。
显微镜窥见一汪清泉，
探照灯划过黑暗的天空。
秋水绽开旋转的涟漪，
弦月划行在冰水间。
露珠凝结成淞花，
气泡蒸发成太阳。
眼睛罩着日月的光辉，
手术刀从笔端解剖出
微观世界的斑斓。
陈澈放大出了太阳系的彼岸，
陈澈洞观到外星世界的黑洞。
你从黑洞里出来，

你从再生之柱中跃出。

你告诉了我们未来，

你发现了一个新的星系。

干杯，酒泉

酒泉是酒国，
酒泉是泉城。
酒国的军队浩浩荡荡，
元鼎中盛着河西四郡。
泉城的清流冲刷着蛮荒泥沙，
润泽着弥山亘野。
狮猴相戏，鹿熊秃鹫共舞，
西域的族群欢声笑语。
酒泉的泉眼在城下，
酒泉的酒曲在天上。
城下的泉渗流漫溢到四海五湖。
花雨丝路上鼎立着雪山腾空的盉，
野马驰过，黄羊奔跳。
盉杯倾泻着游牧的情歌，
酿造出新旧石器的陈年老酒。
托举起敦煌国的高脚羽觞，
英娘斟满葡萄的琼浆玉液
七层楼的夜光杯透着星辰的闪烁。
酒泉的酒蕴蓄着竹叶的芳香，
她调制出九游宫的鸡尾清酌。
你是乌孙人，你为匈奴族

你是隐去的月氏部落，
都融在华夏杜康里发酵出醍醐曲香。
酒坊的仪狄师傅千碗不过岗，
酒泉的醇酒抛洒至狄俄尼索斯的唇边，
酒泉的酒酿熏陶出你过人的胆识，
你在空翻，你在旋转，
你的空间舱有美酒的洗礼。
干杯，酒泉，
为好朋友干杯，
为好兄弟干杯，
为飞天女干杯，
为乾坤之灵干杯，
为飞天的壮行痛饮一杯。

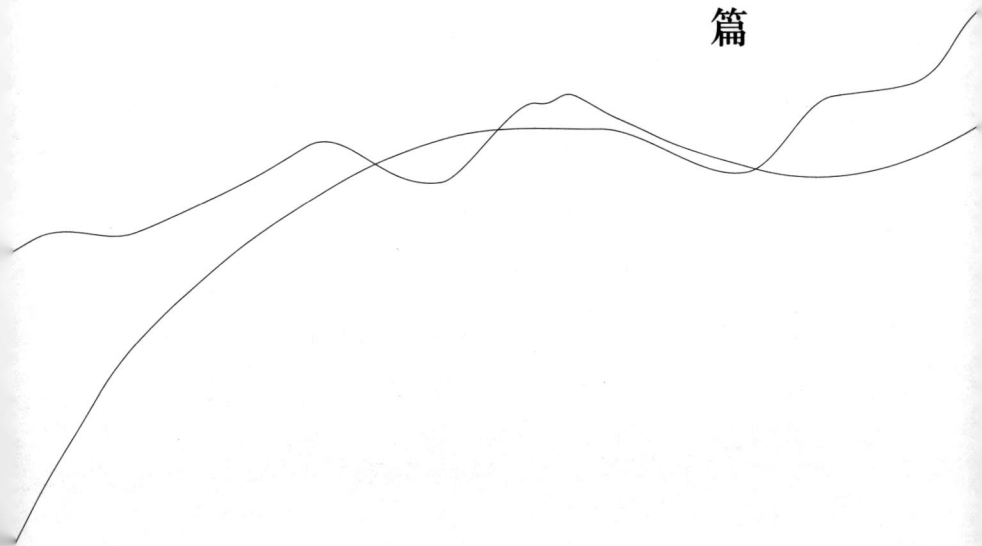

下弦篇

圣洛朗的眼泪

一

混浊得太昭，瘴气弥漫，混沌闭合，
惊雷炸出的我三头六臂，四眼八爪。
蟒的身，鳄的头，鹿的角，虎的眼，
满身红鳞闪烁着星光。
巨蜥样的腿钩着青冥的伞架，
伞架下苍鹰的翅膀掠过白鲨的刀尾，
鲸的长须垂挂在蓬莱山崖。
我为怪物，我是畸形儿，我为鬼胎魔降。
我是混血的美男子阿多尼斯，
瑰丽的女巫是我双面体的侧面。
我东游西逛，我云走四方，
我在阡陌纵横的田野上掠过，
海市蜃楼推涌出淹没的庞贝古城。
我被风吹动着，我骤雨洗涤出，
我从云海的罅隙间垂落到人世
穹隆下的人罩着伪善的私欲，
私欲中膨胀出贪婪地征服与掠夺。
我弹起了琴，唱起了歌，
歌声中喷吐出了字符，

字体像鸟一样飞进人们的心田，

河畔是孕育的妇人，妇人妊娠待哺着字音，

字架起了屋，字刮起了风，字泼墨成了河。

兽骨刻下画虎类犬的脑袋，

脑袋是我顶天的触角，

洞中的岩画烙着同为生物的牛头虎面。

我野人的吼叫吐出柔和的串音，

串音中有了爱的表达，

妖姬在爱意里脱去吸血的外衣

露出母性的玉体。

我脱胎换骨的生命从玉体里迸发出，

我在拼着赤橙黄绿的版图，

熊的尖齿与米老鼠的嘴撕咬着，厉吻着。

我被温暖的海洋性气候滋润着，抚慰着。

二

我的头颅是个地球，

头顶长满了荒草与树丛。

我的瞳孔是月牙泉和太阳湖，

泉眼滴水成河，湖泊涌向堤岸，

我的眼波环着清澈透明的月色。

可去划船，来到一个避风港，

地球的两极有着泾渭分明的经纬线

如同秋熟西瓜的纹理。

我伸开双臂似喷气式飞机向上牵引，

飞过了动物园围栏处飞禽走兽状的流云。

我将双手交叉在脑后仰天闭上双目，
成了一枚燃烧的重型火箭
穿过了星团，发射过了日月。
我在呼吸，我在喘气，
我的肺叶是南北两个半球的图形，
有金鸡和镰刀，有犀牛和猎狗。
我活在元气升腾和下沉之间
挺立的雄性和四溢的雌性，
鹏在天上飞，蛇在地里爬，
熊猫在啃竹，蝼蚁寻穴窝。
我的肌肉是水泥，我的骨骼是钢筋，
钢筋水泥垒起凌云的高楼。
我矗立在天地之间，
我横卧在高山之巅。
我的红细胞是江河湖海的聚集地，
白细胞在空气中徜徉。
眼睛的晶体融为繁星的银河在流淌。
太阳系的扇面在贝壳上辐射，
宇宙的黑洞在库鲁伯亚拉黑暗中延伸。
脑皮层脑垂体搭起地壳地幔的圈层，
火山喷发出郁积的脑岩浆，
岩浆熔化出翻滚的泥石流。
我是一个生命体，
生命体是一个世界。

三

我是一个长寿之人
活过了两百岁，
我是神话中的一个传说
飘过了上千个世纪。
我的故事在酸甜苦辣中不停地诉说。
我的双腿挺起历史的纪念碑，
纪念碑上书写着迷茫的成长。
我手脚并拢跃向大西洋，
成了一艘战舰，
我下沉为核潜艇。
迎击着"海狼"的侵扰
击沉敌方的舰船。
全歼了纳粹的水下鼬鼠。
我知我是从鱼变来的，
我从牡蛎的壳缝中钻出
海水深处的黏液将我喷吐出。
我是硕大跃浪的鲸鱼，
我蜕化成凶残无比的食人鲨。
珍珠的港湾响起惊天的爆炸，
成群的飞鱼从天而降。
珍珠被揉碎成齑粉
港湾成淋漓的屠宰场。
我们在爆炸声中粉身碎骨，
我游向了中途岛。
鲸鲨的钢铁被飞鱼噬咬，

我成了盘中餐，

吞噬着航母的钢板。

我爬上了岸，

我厌烦了水的浸泡

成了两栖动物。

我在快跑，我在狂奔，

我在歇斯底里胡言乱语。

我看见了一朵漂亮的蘑菇云，

云中耀眼的闪电刺破黑暗的白昼。

四

我认识一个人，他是我的同类，

他是我的兄弟姐妹，他是我的父母姑丈。

他常来涉水吃我们，

他撒开大网，他张开血盆大口，

播下诱饵让我们群聚夺食，

然后将我们一网打尽。

他的网将我们从深水吊到桅杆顶，

摔拽到甲板上。

我们挣扎着弹跳起想重归向海洋，

他们尖锐的鱼钩刺穿了我们的鳃鳍，

他们锋利的尖刀剥去了我们防护的鳞甲，

掏空了我的五脏六腑，晒干，盐腌，

我们被煎炒烹炸，美味四溢在餐坊间。

近海已无我们的藏身之处，

远洋已没我们避风的港湾。

鱼苗被打捞干净，红虾快被灭绝。

我们游向远洋，我们遁逃到北冰洋南极海，

他们仍在追踪，他们的捕鲸船射出了拖曳的绳索。

抗议者聚集而来，

绿色的树叶披在身上示威。

他们的快艇撞上捕鲸船，

要与它同归于尽。

他们成了罪犯被扣押。

我们被驱赶到了河汉，

我们集体冲上海滩自尽。

蜂拥而至的罪犯泼海水要拯救我们，

我们死心已决，

要和吃我们的人类同归于尽。

我出生在海洋，我带着他们进化的基因，

马里亚纳海沟是我新世界的门，

门里我们同恐龙在欢舞，

锯鳐在我身边一起游动，

海底世界是我们亿万年前的诞生地。

五

地球仪在我的脖颈上旋转着，

北回归线本初子午线在我的腰腹环着圈操。

潘诺西亚和盘古大陆纠结在我的前胸后背，

我的左肺叶是北半球，我的右肺叶是南半球。

太阳的 B 超显影了我的半壁江山，

我的左肺发现一些钙化点，

我的右肺隐有竖条纹理。

左肺升起烟雾，

烟雾中细菌的军队越过国境线向心脏进攻，

守备旅团从右肺的肺门钻出阻击着侵略者的肆虐。

我的心脏在窒息中搭起栈桥，

驾着战车的军团从心脏的中心集结，

通过栈桥，越过血流河迎击着敌军。

左心房成战时指挥所，右心房为参谋本部，

地图在肺叶中展开，X射线照穿了敌军的阵地，

火箭炮装上抗生素硬胶囊软胶囊麻黄麝香，

向蜂拥的侵略者喷出扇面的炮火覆盖射击。

我肺部桑叶样的国土被蚕食成畸形的鸡肋，

由此它患上了疲惫的慢性病，

哮喘常有，咳嗽不断。

气喘中吃了中西的各种药方，

咳嗽声里常喊着要强身健体。

青霉素给我带来了生机，

煮沸的中药潜进阴阳五行的血脉中。

药物让我昏了头，

灵丹又使我脑皮层开了窍。

我开始打造一个钢铁的双臂，

我准备铸就一双金箍棒的两腿。

我的两髀挺立成了大山，

牛头山马头岭，

山头的敢死队肩扛炸药包冲向敌阵。

我炸开了一个个明碉暗堡，

我的肺叶开始畅通地呼吸。

六

颜面是我的天庭，

上方坐着我的上帝我的佛祖，

天门就在我的额上。

打开天门，

奇幻的魔境不停地揪扯着我。

这里群星璀璨，金花四溅，

此处的月亮硕大盖天，扑面而来。

每一朵金花迸射出一个飞旋的精灵，

精灵是我的父母，精灵是我的仇敌。

精灵在五光十色中蹦出奇形怪状的小矮人，

小矮人在云柱间穿梭往返。

月亮把嫦娥变成我的情人，

我拥抱着她雪白膨胀的玉体，

升腾的云朵展开天空之吻。

她的红唇从霞色中涌来，

她的乳房在月光里颤抖着。

我紧紧拥抱着她，融在爱意里飞到了天外，

我疯狂地亲吮着她深邃的目光，在繁星中孕育出了生命。

我的生命你们看不见，

我是氢气制成，我是硅基制体。

我在流星中闪烁，我是幽灵的歌者，

你们的神话是我们开启的典章纪元，

你们的哲人是我们派去的信使。

思想如河水在湍流，

量子力学从原子核中爆炸出，

搅开了一天的电子中子和质子，

波和粒子旋转着纠缠在一起，

圆色的彩球在虚空里飘飞，

意识流在我的天门里奔涌。

我行走在阿尔巴特大街上，

我在特里尔城寻找着真理的出口。

我留上了大胡子，

讲起了德语俄音和盎格鲁－撒克逊话，

我的方块字体变成青砖盖起了高楼大厦。

七

我的天门里有一座城，

这城有拱形的城池，

彩虹的桥织就出《清明上河图》，

联结着古罗马废墟的挺拔，

废墟中的军队在鬼魂西行。

战火中的阿勒颇出现了万年前的人类，

九千年前杰里科举着《圣经》

融进耶路撒冷。

庞大的城邑，耸立的石柱，

角落里我看见了大观园门前的坐狮，

坐狮将曹雪芹阻挡在门外，

曹雪芹让红学家大卸八块，五马分尸。

透过火星的眼睛我知曹雪芹是虚拟的粒子，

红楼的春梦是另一个太虚幻境。

门外有人唱着《醒世词》走来，

《好了歌》是它的翻版。

士人为学宜何如？立志当如昌黎勤，

世人都晓神仙好，唯有功名忘不了！

他能歌善舞，他吹拉弹唱，

他贵为王子，他弃王位云游四方。

西厢、扑蝶、葬花、踏雪、

吟风弄月，对酒当歌，

全在他的十二平均律中浮现。

贾宝玉是他的经历，

他是贾宝玉星座的运行。

家境的衰败，父亲的冤狱，

落入了他的笔下。

落寞让他奇思妙想，放浪使他成赤脚大仙，

他和贾宝玉一同出家了。

他的大算盘插上了星团开启了平方，

音律管吹出弹跳的音符，

跳进巴赫十指间

奏出《勃兰登堡协奏曲》。

宝玉为珠，润玉谐埙，

他叫朱载堉，他是中国的文艺复兴，

他就是贾宝玉。

八

我的屏翳间有一个墓穴，

墓穴中睡着一具女尸。

她躺在玻璃柜中，

她是博物馆的一个标本。

她泥塑般龇牙咧嘴地露出

四千年前的牙齿，

黢黑的头发搭在她的肩部，

似是昨日才梳妆出。

廷孔被红绸羞涩地遮着，

目窠陷着深邃的悲痛。

她死于花季，有箭射穿了她的乳胸，

她是谁的嫔妃？她成了谁的殉葬品？

天子杀殉，数百男女跟随前行，

贵胄夭折，瓷雕玉饰陪伴左右。

她墓穴的拱墙附贴着神仙升天的壁画，

画匠的杰作只留给了魂灵，

尘世的父子君臣千百年来难开眼福。

说是在亿万年前就有了史前文明，

挖了无数的坑，潜进了多少个墓，

开了一座又一座的帝王陵，

盗墓贼钻进一个又一个的盗洞，

华丽的地宫仍未显现出"太空人"的蛛丝马迹，

陶罐时代，铜器年轮，互为映照，

盉器中的酒荡漾着飞天的图案，

三星堆藏着时光轴的玄机。

我腹中的女尸挺立了起来，

她光艳照人，她柔情四溢，

她是西施，她是杨贵妃，

她是圣母，她为妖孽。

流水的她，冲刷掉了黏土的男俑，

风情的青娥，造物出了人间百态。
她是我骨血内的女娲，
补住我天门的一角。
我有了一方天地，
我建起了一座牌楼。
她裹上了小脚，她束紧了腰身，
女娲不再浑天造地，
女娲讲起了三从四德，
她成了我腹内的小妾。

九

伏羲蛇一样盘虬到我的肠子里，
我消化着他种植的藜麦，
他张开鹿皮，他撒开蜘蛛网
我品尝着他网捕美味的鱼，
鸡鸭鱼肉由此成了我的盘中餐。
我的九曲回肠是条盘山公路，
辚辚的车、萧萧的马疾驶而过。
汉武帝的大军从墓穴中破土而出，
征讨的旌旗在盔甲刀剑上飘扬。
盘山道奔行着各路诸侯，
骷髅的面具嵌在头顶，
南宋在崖山之战的屠戮中灰飞烟灭。
我的肠子成了坑道，
从上甘岭挖进了越北丛林。
坑道里喷出复仇的火焰，

隧道之上布满了竹扦。
我抵御着空中堡垒的轰炸，
我在坑道中架上了高射机枪。
我的肠胃中淤积了大量的弹药，
地雷阵布满了崇山峻岭。
毒气弹的烟雾在坑道中弥漫，
大肠小肠塞进垃圾食品。
我患了伤寒，我得了疟疾，
我吞咽了各种弹药，
青霉素卡那霉素与青蒿素。
我排泄掉了成吨的钢铁与枪炮，
万里长城蜿蜒在我的腹部，
我筑基成铜墙铁壁。
我向我的胃部进军，
我蠕动的胃是个盆地，
盆地是海洋沉积的喷泉。
盆地中建起了天府之国，
天府飞临到了寰宇之上，
我的心脏是挂在府门的灯笼。
灯笼随风飘荡，
灯笼透出星辰的眼睛，
灯笼照亮天庭的回廊。

十

我的眼睛是对双子星，
它们闪烁在万有引力中，

眼泪流出了红河与龙江，

江河滔滔又奔向大海。

海洋托起了日月，

海洋散落下群星。

群星在波涛里涡流盘旋，

浪花搅动着浮光掠影的轨迹，

它们在暗物质中交头接耳，窃窃私语。

我在这无形的生命里寻找到历史的源头，

源头中我发现了人类踉跄的步履，

我的双脚踏在这步履上东倒西歪。

三叶虫旁出现了祖先的足印，

那是亿万年前，那是寒武纪的岩石。

他们从哪里来，他们如何消失的？

我嵌在这脚印中，

拖着它沉重地向前迈进，

我在寻找另一段文明史。

那文明在核战中毁灭了？

那繁盛滑入另一时空并行着？

地球是宇宙的一粒尘埃，

人是尘埃中分解的影子。

星辰日月全是圆的，

车轮罗盘时钟皆为环形。

圆周率的数值一直走不到尽头，

π的数值队伍已绕行过了太阳系。

假若方形的太阳升起，

如果矩状的满月挂在天边，

我们还会仰起椭圆形的首级吗？

我的骸骨已被山体挤压成褶皱，
肋排成登山的悬梯。
前面是非人间的九华山顶，
上方有五官女的珠峰巅。

十一

我活在我的化验单中，
红细胞白细胞成群结队地在体内游动。
我将细胞调化成油脂凝结成血小板，
在开裂的皮肤上涂抹出了日月运行的天体图。
我来到凡·高星空的色调中，
将血清蛋白中的脂肪酸挤压了出来，
调色板上的三原色调出了五光十色的融合
画出了一幅世界地图。
我的地图呈密麻颗粒状，
我在翻山越岭涉水跋山。
微观灯影下我相互黏合着，
显微镜里挣扎蠕动。
亚硝酸盐中爬动着成千上万的细菌群，
它们占领着各个 DNA 高地。
脱氧核糖核酸中我被上百万分子追逐着，
分子的星辰布满了夜空。
阴错阳差，阴晴圆缺敲响我梦的鼓面，
南山北山，互为交错，
日月风行，乾坤流转，
我变异的人格从葡萄糖的衰变中跃了出来，

我奔行在春夏秋冬的引力波里。

核磁共振将我拖进了昼阴夜阳的颠倒季节，

我的五脏六腑悬空飘浮着。

撕裂的时间呈波动状滑进了另一个抛物线拱，

四维空间时区转换过白昼的面孔

弯曲着钻过了黑洞的隘口。

精神分裂症脑电波凸现出神经闪电，

奇形怪状的文明史在闪电中忽隐忽现。

他们附体在人身上呼喊着，

他们讲着外星肢体语言构成新的词根。

我是这生命体的另一面，

心脏像一朵花在盛开，

血流如清泉在浇灌着花瓣。

"疯人院"是我的乐园，

天使袅娜的舞姿翩翩升起在眼前。

十二

我经常蹀躞在海滩上，

潮汐的引力让浪花跳跃着漫浸到我脚下。

远方有永远在晃悠的船帆，

帆船在暗夜里闪着鬼火。

海平线的侧方有海岛在探头探脑，

海岛的岩石上凌空飞起滑行的鸥雁

盘旋在霞光中。

我相信我的双肾就是那海岛，

海水在我耸峙的周边泛滥着、喷涌着。

激流从山涧奔泻而下在我肾盂形成瀑布，

瀑布垂挂在日月之间形成弦舞的彩虹，

我越过彩虹桥掀开瀑布的门帘奔向了海洋。

海峡将我躯体的陆地区隔开，

我奋力向前划动着，

如青蓝的旗鱼张开脊帆在游弋。

海岛似一颗恐龙蛋摊煎在礁石上，

争夺这耸峙的巉岩炮声隆隆，战机飞鸣，

马尔维纳斯的争夺，金门炮击，硫磺岛上血流成河。

孤岛的周边有渔夫在打鱼撒网，

我昂扬的激情从中挺立了起来。

我金刚的山川孕育出了新的生命，

桥从大陆架上连接到了格陵兰。

我在港珠澳铁索桥上奔跑着，开着帕萨特疾驶而过。

我的左肾被割了去，我因此而腰酸腰疼患上风寒，

我拼死要把它夺回来，我完整的胴身必存一个出海口。

岛国从海水中浮出又被潮汐淹没掉，

海堤爬上岸的食人鳄，它是两亿年前的巨兽，

它同恐龙共生在白垩纪。

它缓慢迟缓的爬行欺骗了自然的毁灭，

鳄鱼岛上它们噬咬着我的肉身，饕餮啃食着我的筋骨。

我挥舞钢叉抡起投枪同它们搏斗着，

我吃了鳄鱼肉，剥了鳄鱼皮，

制作出了名牌皮鞋与腰带，

我的角屿已同躯干融为一体。

十三

风从我耳边吹过，

我的头发随风飘起，

黑夜的雨沿头皮驰骋而至。

我追赶着闪电，聆听着雷声，

雷声呼喊着我的名号叫着我的履历。

漫长的人生风驰电掣而过，

久远的历史瞬间凸显。

我脑皮层里的年轮轨迹辙过了无数姓氏的人，

夏商周对坐在办公桌前；唐宋元擂台上在比武，

洪水四处泛滥，大禹的足迹遍布天南地北，

倾轧征讨，经年累月，

刀枪剑戟，天昏地暗，

血腥的记载书写在大事记中。

我头顶的皇冠罩着叠替的朝代，

成王败寇，城头变幻大王旗。

头发的丛林传来虎鸣狼啸，

发梢处掠过鸟语花香。

我在风花雪月中追逐着缤纷的花瓣，

沿着筛过树荫的光线去拥抱了太阳，

亲吻了它的双唇。

太阳羞红了面庞，云霓赤赧挥洒，

我化为大雁盘旋在晨曦中。

春秋战国时的畅所欲言造就了我，

我是老庄，我为纵横家，

我骑上了独来独往的天马，

道生一，一生二，二生三，三生万物。
我的双耳是铁扇公主手中的芭蕉扇，
煽风点火，眼观六路，耳听八方。
我的双手握住天庭的门楣荡上了秋千，
秋千上可见人世的沧桑巨变，轮回翻卷。
我是转世灵童，我从另一世界飘来，
我成白蛇人精，推翻了雷峰塔。
我的歌声电闪雷鸣，
我的舞姿是彩云的祭祀。

十四

翼装飞行器载着我奔向了崇山峻岭，
滑行板下的山脉河流在身边波动而过。
我踏上风火轮穿行在云霄之间，
与山崖比肩、沿峡谷穿越。
浊浪排空，我像蓝鲸跃起，
我是巨人，巨人是我，
我是不屈的刑天。
我腾云驾雾斜线样滑翔在四海五洲上。
亚细亚的太阳照亮骑在牛背上的欧罗巴，
火炬样的阿非利加点燃了新大陆，
拉丁亚美的芭蕾足尖跳起了伦巴舞。
你是黑人，你像黑夜一样黑，
你是白人，你如白昼一样白。
葡萄牙西班牙的牙是如此尖利，
啃咬着被遗弃漂移的板块，

南回归线拖着板块的腰部在两洋之间穿梭。

火药从枪口喷吐，炮船驶向锚地，

脸上的刺青刺着满腔的仇恨。

白人的征服，土族的反抗，

工业革命的机车疯狂开进橡胶林。

大力神的我划开大西洋的波浪，

狂饮了瓶北冰洋汽水，

北极熊压在我的头顶，

因纽特人的上帝之鞭分支抽打出匈奴的骁勇，

我奋力挣脱开，

乘雪龙号破冰船破进了白雪皑皑的南极洲。

企鹅是那样地绅士，企鹅是如此地憨态，

我同它们一起扑棱着燕尾服在雪坡上打滚。

燕尾服罩在我身上走进了悉尼歌剧院，

我引吭高歌着《我的太阳》，

我的歌声盖过了帕瓦罗蒂。

图兰朵皇城中吟咏着《今夜无人入睡》，

死亡在星空的闪烁中渴望爱的升天。

迷宫里生死选择一个回转的出口，

绝境中的死恋充满了殉情的悲壮。

爱情的力量是巨大而战无不胜！

十五

我为爱情所生，我是天地野合造出，

我的诞生地酿制出了一坛坛酸甜苦辣的酱菜。

酱菜埋在土里，藏在墓穴中当陪葬品，

酱菜已生蛆发臭发酸发酵，人们仍在争抢吞噬。

我的祖父留着长辫子，我的奶奶裹着小脚，

我罩在长袍马褂里自得其乐。

辫子拖曳着苍茫大地，小脚围着方寸的圆规，

圆规是个盘子，圆规是个坛子，

圆规撑开了天，飞碟也圆圆地飞来，

裹脚布散成彩绸劲舞上了花雨丝路。

我想成为诸子百家中的名士谈天说地。

我是孝子，我为孽种，我叛逆地擎起了浑天仪，

浑天仪的玉虬吐出露珠，北方与南方预感到了地震。

一颗鸡蛋从暧昧中随云雨孵化降生，

呜呼哉，鸡蛋丸的天体，蛋中黄的地圆，

充满了水，充满了气，地面浮在水上漂漂不定，

我的金鸡状由此形成，我的傲气在报晓中啼鸣。

我打碎了鸡蛋，随浑天仪登上了九霄，

我在紫微垣、天市垣、太微垣中闲逛着，

我找到我的角宿，我在门缝偷看着它。

它张牙舞爪骑着天马舞着长矛飞驰而过。

北方的玄武，西方的白虎在与它厮杀，

它搅得天宿散落，彗星掠空。

彗星的亮发从我的头顶长出，

照亮了东方苍龙旋转升腾的轨迹。

苍龙下我看见发射塔静静地耸立在皓月旁，

月色下的酱坛已全部被打烂。

新烧制的陶器里已注入了新的发酵剂，

发射出了一枚枚液体燃料的火箭，

我攀爬在火箭顶端在推进中冲进了火牛阵。

火牛瞪着炭烧的眼睛向我顶来，

我斗牛士的红布是一面万国旗，

我的旗帜抖开遮天蔽日，

长缨在手刺出了一片新的方圆世界。

十六

我的属相是天下第一，

我活在龙蛇狗中。

日食那天我看见太阳的边缘有人在走动，

月食那刻我望到天狗在吃月亮。

日冕的金边套着上帝的光环，

月轮的浮现显出神女的项链。

项链挂到了菩提树上，

佛祖从树上伸出了抚摸着我项顶的手。

对应着的星空有盘旋的天龙座，

龙人贴在九龙壁上，

龙袍穿在皇帝身上。

龙的彩云忽东忽西，

龙颜大怒让世人遭殃。

方形的蛇夫座横跨赤道，

丹霄变幻莫测地罩着纷乱的人间。

这里也在讲着农夫与蛇的故事吗？

延伸的黄道可有农夫悔恨的尸体在漂浮？

抑或他是一个杂耍的舞蛇人，

扼住了毒蛇的咽喉。

大犬座照亮了金字塔下的埃及人，

艳后克利奥帕特拉让恺撒拜倒在石榴裙下，

安东尼被她情色所惑丢弃了罗马。

毒蛇咬住她的艳体，她同埃及一同淹没了。

我走进她的婚房，她从石雕中飘落下来，

我认定泰勒就是她的模样，

我们举行了盛大的婚礼，

焰火照天，万船齐发。

她薄如蝉翼的纱裙下玉体毕露，

我把她拥抱在怀，身边的猎犬撒欢地冲天狂吠，

我同她一起沉进了海底。

埃及从罗马帝国的黑袍下再生出了苏伊士运河，

闪米特人与犹太人大动干戈，

战火在圣地烧来烧去，

萨达特殉职于乱枪中，

拉宾薨自刺杀间。

十七

我是活着的秦始皇，

我在公元前就离开了你们，

我嬴政的姓氏天盖日月。

霍金说我活着，爱因斯坦说我活着。

他们现就在我身边修行，

他们是李斯和蒙恬，

他们穿越时空来到了我这里。

我想拆掉阿房宫，开掘出秦陵。

我在这土丘里已憋屈了两千多年。

铸十二金人，开地千里是我的功绩，

焚书坑儒是我的罪恶。

我要天下车同轨，书同文，行同伦，

杀掉妖言惑众的术士是必要的，

灭尽坐而论道的穷酸诗人是为治国大计。

屈原成天题诗忧民国还是灭了，

他喂了鱼你们却在欢乐地吃粽子、赛龙舟。

战争必要独断专行，铁军定要统一发号施令，

一言堂才可去征服讨伐。

朕已寻到了仙药，长生到了今天。

朕的龙体横跨大江南北，

双腿是长江与黄河，

长城为朕的左膀右臂，

三山五岳从鼻王宫直插天庭。

八卦鱼眼是朕的双目，

太极拳仍在你来我往，

你中有我，我中有你们。

阿房宫不是朕建造，

是上天赐予，是外星神降。

兵马俑就是神国的军队，

铜车马现就在天马座穿梭往来。

我成暴虐残忍的榜样，

荆轲欲刺杀朕未果，

朕定要睚眦必报，

斩尽杀绝，血流成河。

血写的史书朕已在赎罪，

罪己诏，朕已在上阳宫阙鸟瞰人间万家灯火。

十八

患了皮疹的我双手布满了鱼皮般的嶙峋，
由此我双手成了地球的挡箭牌。
陨石坑与沟壑时隐时现，
翻过手掌以火星盆地为中心，
五个手指放射出金木水火土的星丘，
太阴藏在山下迎接着暗夜。
我的生命线呈弧状向金星丘延伸，
她有着花里胡哨的艺名：
长庚、启明、太白、阿佛洛狄忒、维纳斯。
她雌雄同体，她福兮祸兮，她是变性人金星，
她将《风》的舞蹈刮遍了两万座城市遗址。
玛雅人、阿兹特克人、腓尼基人给她罩上了魔鬼的面具，
我却在她耀眼的目光下看到了希望的曙光。
我的五个指头竖起，
中指为擎天一柱，五指石林矗立，
我呼喊着——阿诗玛！
石林从火星盆地中参差出海面。
我伞降到海湾里，我的双脚成纳吉尔法船上的风帆，
死神的指甲抠出的船体满载着仇恨与嫉妒，
我让魔兽洛基附体挑动着诸神自相残杀。
邪恶在我体内燃成火巨人，
我的嫉火喷向正义，烧向神圣，焚毁高贵。
我声嘶力竭地高举着双手呼号，
让每个星球的丘壑
延伸出罪恶的深渊。

我方格指纹的双手沾满爱情、爱心与自由的鲜血，
我与优雅美丽智慧温馨柔情为敌，
我的欲望、野心、血腥膨胀无边。
天神砍掉了我罪恶的双手，
我换乘上女娲伏羲造出的石狮船驶向了彼岸，
善良从土星的光环上抖落了下来，
温暖的爱鲜花开放，人类繁衍滋生，
我的双手从心泉里再造出参天大树。

十九

田野在我的皮肤肌肉上播种施肥，
芳草从毛孔中茁壮长了出来，
累累果实已到收割季节。
心脏的蟠桃会上瓜果梨桃芳香四溢，
炎帝丰收节稻谷从软组织脱粒分离。
我健美的肌体是米开朗琪罗的大卫像，
我的血管灌溉着肌动蛋白的沃土，
我奔行在血色素和肢体弹性间，
我要去夺得一个又一个世界冠军。
风一样地跑，
鹰一类地飞，
羚羊式地跳，
山峰般的力量，
鲛人样地击水。
一个又一个的生命极限被甩在爪哇国。
新石器的刀耕火种开辟了我的新边疆，

五彩九穗谷落到神农氏头顶，

尝百草让稻黍稷麦菽遍野倾撒，

红鸟凌空而去。

我便是那红鸟，我叼来生命之源。

碳水化合物从我的肠胃分泌出万年的物种，

种子在脏腑里生长出。

我吃了牛烹了羊、酿造出老酒，

老酒的醺酣让我放浪形骸。

我贪婪地捕捉了一切可能让我苟延残喘的珍禽异兽。

《梅杜萨之筏》让籍里柯画出人吃人的惨景，

绝望，疯狂与垂死挣扎的哀嚎。

末世的预言让我开启了新的纪元，

来生的复活迈进了盛唐时代。

种子繁育了世代的有色人妖，

染色体传承了千秋万代。

我要开垦出一片伊甸园，

让希望的原野奔跑出化石里的"佰拉巴图鹿豚"。

新的食物链让我攀上了去天堂的阶梯。

二十

光速交错的真空里，

失去引力的暗物质充斥飘荡。

我看见了一群四处奔走的隐身侠。

他们头戴着刺猬的王冠，

盛大的加冕仪式在隆重举行。

王冠上镶嵌着的宝石光芒四射，

宝石执照出江桥上的城郭，

都会里的霓虹灯影。

我受邀加入了他们的队伍，

我看见麻脸的疯人痛饮着血色的酒。

他们的餐桌上摆满各类美味佳肴

仓老鼠、蝙蝠汤、火鸡腿、三文鱼。

嘉宾在庆贺着征服世界的胜利，

游击军团在死亡的悲恸中举行着盛大的游行。

他们钻进人的卑鄙中，

利用他们的贪婪自私狂妄，

四处电闪奇袭，乘虚而入，声东击西。

伦敦轰炸、伏尔加格勒血战、911世贸楼的坍塌，

我美丽北京的问语：您核酸了没？

鬼魂已奔行在大街上，面具从贴着封条的嘴上

关闭了大门。

头戴飞行帽的伞兵降落进每个军事要地，

撞击了航母，推翻了酋长国的偶像。

死尸抬出，灵车成叠。

我从醉酒中惊醒，我挥起了刀剑冲上了战场，

我躲在盾牌后同蝙蝠侠进行了殊死的搏斗。

我跃上城墙，我登上塔楼，我在超市里追捕着死神，

佐罗的神勇让我跃到了马背上。

身着白衣的剑客与冠王杀得昏天黑地，

我的战车鸣叫着前来助战，

最新式多管导弹齐射向王冠的宫殿。

宫殿灰飞烟灭

我将他的皇袍戳得破烂不堪，像是叫花子。

我把他的猫眼王冠挑下踩碎，
他原形毕露在光天化日下，
他被阳光捆绑在青条石上，
冲出巴士底狱的民众，
把他送上了断头台。

二十一

我生活在阴阳的帐篷下，
斗篷遮天蔽日，斗篷浑霄黑地。
帐篷下魔术般变出鸽子、火盆和金鱼。
鸽子飞到了毕加索的画中，
火盆焚毁了王宫大殿，
金鱼游向了阴气润泽的昊方坤圆的鱼缸。
我如鱼得水地同金鱼一同嬉水觅食。
清气上升，浊气下降，
阴阳二气融为一体催化着我，
我的精体四处漫溢，播撒旷野繁衍了万物。
我加入了共工与颛顼争帝的大战，
目睹共工败而怒撞不周山，天柱折断，
洪水汹涌而来，阳日阴月，水火相斥，翻江倒海。
我麒麟之身向西北方随日月星辰倾斜而去，
水流烟尘向东南塌陷奔泻。
我的前胸为阳，后背为阴。
前胸的朝日霞光阳性十足，
后背的山林溪流阴郁葳蕤。
我的脊椎骨挺立了起来，

阴阳五行贯穿在乾坤艮巽的方位中。

我望见了东海，看见了南海，

我在渤海黄海洋面扯帆拉网。

我是人面鸟身的禺疆，我谓四海的龙王。

我破浪而出，从昆仑山上走来，

三山五岳在我的呼唤声中震动着。

震动中强健臂膂的盘古打开了天地，

柔情四溢的洛神飘然而至。

洛神引我进入了魂牵梦萦里，

我因她迷惑，因她陶醉，

在巫山云雨中我的族群漫山遍野。

花朵开了，树木长起，

季节的羽衣换装在身。

阳男阴女在羽衣里翩翩起舞，

阳气的雨露，阴气的霜雪，

漫天飞洒欢笑。

二十二

我爬到斯芬克斯的金字塔尖，

狮身人面将我的鼻翼托起。

伏犀贯顶直插云霄，

我的双耳撑起了帆，

它们揪着我缓向上运载，

火箭再次在我身下喷射。

我的第一级双腿脱落，

我的第二级躯干分离，

第三级将我发射进了天门，

进入了天庭，

进入了再生。

英仙座的流星雨在我身边划破黑暗，^①

狮身和人面交替出现在面前。

圣洛朗的眼泪垂宙接宇，

地球成眼泪中的一滴。

我伸出双手雨水如甘露洒下，

我双臂是擎起的立柱。

立柱撑起了皇宫大殿，撑起了历史博物馆，

博物馆出土浇铸的铁鞅和轩辕刀，

铁面人的面具罩着骑士的脸孔，

青铜剑被冶炼出，大盂鼎铭文壁铸着社稷，

我的双腿是方鼎的四足，成了镇国之器。

我挺立在小高炉丛中，帝喾的技能已经失传，

峒山挖空，热血重新铸就铁石之躯。

我的罗汉金身是个宇宙，

脑纤维脑神经辐射扫描出了九天的轮廓，

它们舞动着，旋转着，聚集起，

胚胎诞生出。

我拖曳着雅典骑士、罗马战神、秦兵马俑，

成吉思汗大军从我的血液中喷涌出。

我挺胸抬头直插进珀尔修斯的身边，

成了他手中的长矛利器，他斩下美杜莎的蛇头。

---

① 英仙座（英雄珀尔修斯的化身）流星雨称为"圣洛朗的眼泪"。据说那是洛朗神圣为了希望撒下的种子，她那最后一滴眼泪，一定是想寄托一个愿望的，每一个看到它的人许下愿望后都可以得到收获。

雄鸡仰天而鸣，雄鸡振翅而飞。

圣洛朗的眼泪倾盆而下，

圣洛朗的眼泪为尘世在倾泻。

第五颗星

一

郎君来了，
相公来了，
织女盼来了牛郎。
牛郎带来了开荒的犁锄，
织女织出的绸布舞过背山的盆地，
奔上了稻谷飘香的月轨。
月轨抛撒下扬花脱粒的群星，
月轨降下七千五百头耕牛①
耕犁出了十五万公里的沃天肥土。
牛郎欲将稻谷快轨车载回来，
牛郎的臂膀要扛回嫦娥开仓的粮草。
火星蓝莓盛开的果园
接到了丰收的
喜报，
现行的火星一号已碾榨出琼浆玉液的
果汁。
果汁已快递给了严父慈母，

---

① 此喻指火箭推力的度量单位，牛是以牛顿衡量力大小的国际单位。

果汁已搬进月轨车的集装箱。

他们畅饮着，

他们哼唱着。

轻曲箫籁而至，

妙音轻弦细语，

4 和 5 的音阶谱出了星斗的欢唱，

嫦娥的婚纱上飘起了第五颗星，

那是东方之珠，

那是国旗在激荡。

二

你是伞兵，

你为战神，

你伞降到三十八万公里外的环形山侧，

你软着陆在熔岩喷发过的遗址旁。

有宫殿，有斗兽场，有秦王的地宫？

你是超级探测眼，

你将探知出生命飘散的暗物质。

你将收集回月宫城堡的

水晶。

你是神探

你欲探明雨海湿地边的

圆明园马首失窃案，

马首奔向了天庭，

马首云吐出嘶鸣的喷泉，

喷泉中凸显出了忒伊亚冲撞的面孔

你欲找回陨石坑中的盾牌，

盾牌阻挡着袭击的流弹，

盾牌嵌凹着穿行暗空的冷枪眼。

亮发的彗星掠过苍穹，

时空计算出人类飞天的简史，

简史里有《东方红》深长的曲调，

简史里有五星出东方的预示，

简史中镶嵌着群仙缤纷的五颗星。

火星蓝莓

航天人的手掌上，
伸展着火星丘。
勇气、积极
冷静、自制力，
是它的属性。
越过火星平原，
两个山丘遥遥相望。
那古老的荧惑，
那渴求的心灵，
今晚就在咫尺天涯。
氧化铁的锻造，
火映着帝喾冶炼的身影。
它是农神，
它是战神，
它是地球的守望者。
屈原站在环形山上
仰望星空，
水手号峡谷里升起他串串的疑问。
穹幕黑板画出天文的计算公式，
圜则九重，尺来度之。
那里有生物，那里有先人，

火星蓝莓遍布在灌木丛中，
中国人前来采摘，
中国人在此酿酒，
中国人要种植出新的果园。
蓝宝石从深空闪出晨光，
梦梵的红色映出五星的闪烁。

嫦娥的快递

你的快递单号是天运 12345，
你的快递方有五姐妹在翩翩起舞。
五姐妹织出彩虹绣花的蚕丝被，
蚕丝被欲覆盖锦绣大地，
蚕丝被要温暖冬天的躯体。
五姐妹的集装箱连成快轨列车，
五姐妹的嫁妆是星链串起的珍珠。
宝石镶嵌在头顶闪耀，
纤手环在腰间起舞。
星辰群聚在彩桥边相送，
天龙旋起狮子座的喜庆。
仙女在轨道上旋转，
玉兔从怀中蹦跳出。
姐妹的欢笑透过走马灯的窗口，
姐妹的霓裳从窗口里飘出。
四千年前一个孤寂的美女，
寻觅郎君日夜垂泪的婵娟。
现欢聚在一起切割着生日的蛋糕，
现商定着回家的元日。
蛋糕上的奶油腾起星云的香甜，
蛋糕上的果拼排列着北斗的草莓。

四个王子盼来远去的新娘，

王子的白马驰骋在草原的深处。

草原飞上了天，草原刮起了中国风。

我美丽的乌托邦平原

你是幻想，你是梦境，
你是寄托，你四溢着瓜果的芳香。
这广袤的乌托邦平原是我们国的理想，
这理想国是如此的广阔，
美好至极的虚幻就在眼前闪过。
遥不可触的仙境瞬息凸显出你我，
莫道是云峰山顶迷雾重重，
空想的楼阁已飞出盘旋的龙凤。
乌托邦的想入非非铸起火星的城垣，
宇宙的统一论
在傅立叶的奇谈中脱窍而出。

我来到了乌托邦平原，
我的车轮碾压出了深深的辙痕，
我的推土机要推出万亩耕地，
耕地，播种，种植水稻，
开垦出一条大运河，
挖掘开一穴湖底隧道。
蓝色的太阳从红色的海洋升起，
火星车煽起庄周梦蝶的翅膀，
祝融神点燃升腾的火焰。

火焰照亮了深邃的夜空，
火炬引燃出传递的奔跑。

有人在聚集，有男女在拥抱，
火星蓝莓榨出琼浆玉液，
万仞的壁垒垒起绕月的长城，
天问一号开掘出广袤的油层。
去规划吧，
规划出一个社会主义蓝图，
去生活吧，
生活在一个没有国界的田园。
那耀眼的港湾，
停泊着星际航行的船帆，
那金色的码头，
运载着飞天的货舱。

乌托邦平原牛羊肥美，草木茂盛，
乌托邦城郭人丁兴旺，安静祥和。
你累了吗？
你可在这世外桃源无边畅想，
你疲倦了吗？
你将在这里进入甜甜的梦乡。
飞控大厅的窗口观望着星海的奔涌，
发射场的卫星催醒着纷飞的生命场。
你在地窍中心，你在海洋深处。
你的定海神针矗立在苍天之下。
中国的梦境穿越过太空的黑洞，

华夏人的追索旋霓出五颗星座的闪烁。

我在时空中旅行，
我在光年里穿梭。
我降落进乌托邦平原，
我的空想已变为现实。

太空奏鸣曲

1—2—3—4—5,

哆来咪发唆

星海牌钢琴在寰宇中阒响,

黄河的船夫登上环形山巅

奔涌出浪花的合唱。

天琴在拨动着《月儿高》,

天鹅跳着查尔达什舞。

肖邦的《降 D 大调》,德彪西的《牧神午后》,

梅兰芳唱起《宇宙锋》,梁山伯化蝶出祝英台的织女身。

星斗是蹦跳的音符,流萤谱出散花的咏叹。

贝多芬在飞控音乐厅里指挥着命运交响曲,

鼠标和键盘弹拨起日月交会的和声。

A 大调是喧嚣的起奏,

D 小调是舒缓的长笛。

你急速的快板,你悠然的慢板,

都在引力的旋律线上绕行着。

有雨打芭蕉,有春江花月夜,

渔舟唱晚唱着暮归的雪色。

歌声缭绕在月宫的回音壁,

歌手练声在雨燕穿行的海边。

新年音乐会有了新的曲目,

新年的钟声回荡着太空的奏鸣。

泥土中的星星

三星在天上，
三星在泥土里。
猎户的腰带系在月亮湾，
蓝色的参宿躲在千年的屏风下。
星星罩着黄金的面具在沉睡，
太阳神在幽深的暗夜里穿梭。
黑森林叠压着野象的剑齿，
剑齿顶着星星的轨迹。
天被遮蔽了，太白霜月沉入海底，
五行山下的孙猴子期盼着山崩地裂，
祭祀坑中的焚毁渴望烈焰里的涅槃。
仰天的玉琮祷告上苍的天工开物，
砍伐掉的扶桑欲从地穴中破土而出。
你来了，我也来了。
我是古蜀国的遗民，
我谓古蜀王的臣子。
我揭开了穹隆，我启开了地宫。
你从彩绘的面罩里露出灿烂的笑靥，
你在象牙上雕刻出了外星的智慧。
我打捞出你坠入时光苦井的光彩，
我放开你备受煎熬炼狱中的绚丽。

你跃出了龙潭，你奔上了盘山的轮车，

你的良渚兄弟，你的金沙姐妹，

盼望着同你死而复生地欢聚。

太阳鸟飞出了樊笼，

神灵树结出再生的果实，

踩着高跷的铜人扭着丰收的秧歌。

残喘的呼吸组合出诙谐的欢笑，

裂魂的肢体再植起升进的吊桥。

灰烬中燃烧起生命的火焰，

年轮中有了幻想的碎片。

拂去地煞的尘埃，

拭净斗柄的亭台，

方尊里倾泻下青冥的美酒。

金字塔、百慕大，北纬 30 度的弧线，

串起了光年里神秘的呼唤。

泥土中的星星跃上了人间的碧空，

福禄寿的祝福划过千家万户的窗口。

飞翔的粽子

粽叶飘到了天上，
粽叶包裹着白云，
填进心房的太空。

粽叶四溢着芳香，
旋转出人的翱翔。
黏合成一艘飞船，
游弋进星辰大海。

屈原站在飘升的粽叶间，
屈原立在问天舱的顶端，
屈原行走上日月的桥墩。

屈原将粽子撒向紫微宫殿，
南十字座辉耀着汨罗江畔，
北斗七仙开启出楚邦的米酒。

人变成了鱼，鱼蜕化成人。
屈原畅饮着长江，屈原果腹着糯米。

龙舟在竞渡，神舟在发射，

饱满的金橘，闪烁在菩提树上。
悲歌铸成了欢笑，离别织出了爱恋。

屈原已死，屈原已活。
楚国的疆土从海水浮出，
楚国的疆界扩展到寰宇。

我的国已成天国，
我的民已垒起飞翔的长城。
你书写着楚辞，
你吟咏着离骚。

你是马王堆的后人，
湘夫人的织锦抖出繁星。
你推开室女座的闺房，
公主的桂冠亮闪夺目。

粽子包进痛楚，
粽子过滤出酸甜。
粽子堆成金字塔，
金字塔对接着星轨，
金字塔对接着南天门。

归去来兮，来兮归去。
一个轮回从日边旋转。
上苍的节日迎接着魂灵，
飞龙在天端阳照耀再生。

这是结束的开始，
这是开始的结束。
快马越过时空隧道，
神舟插进膨胀的黑洞。

五月的节日，
祭祀着天神。
五月的歌声，
唱给花丛的蝴蝶。

端午的星相纠结着你我，
诗人节的早晨阳光普照。
你吟着李白的《将进酒》，
你走进三闾大夫的宗庙。

那一片芦苇围聚着鱼米之乡，
那一串钟声鸣镝着远山的回声。
那遥远的玉碎，
那求索的天梯，
爬上古帝子孙。

龙舟荡起劈水的激浪，
神舟燃起喷射的火焰。
江水汇聚着天河，
问天舱迎来左徒的宾客。

暴雨之上

你们踩着乌云，你们踏着星群。
地球在你侧翼抖动着连衣裙，
连衣裙下旖旎着斑驳的氤氲。
暴雨在你们脚下煮沸逡巡，
天给深翻，霾被耕耘，
硗碛的稻田层叠波涌。
你冲浪到金水的滔峰，
你泼墨至太阳的东宫。
暴雨之上的漫步足下生风，
闪电迸裂的罅隙激荡奔放。
江河倒悬在半空，银波垂落至人寰。
水漫过金山，水淹没了方城。
四季的云图在身下流淌，
杂技艺人蹑行着地球顺时针旋转。
天戳开了一角，雨师浩荡聚至。
泽国里的人挣扎在洪水的咆哮中。
洪水拍着岸，洪水汹涌着，洪水冲向堤坝，
洪水里浮升出盛会的庆典。
孤独的圣火，寂寞的奥林匹亚，
一群拼争的男女仰天长叹。
他们的眼睛，他们的肢体，

充满了无穷的渴望。

焰火盛开在体育场的碗口，

烟花肆虐着城市的方舟。

暴雨之上的天空湛蓝澄碧，

云的海洋在闪电下风涌浪激。

飞回地球的一盏华灯

你去了，我回来了。
你把大地带上了星空，
我将日月携回了不夜城。
我们相会在群玉阁，
我们飘飞至上阳宫阙。
分别是那样地不舍，
相送是如此地漫长。
你掠过月脸来到我身边，
我洗却征尘投向你的怀抱。
我的翅膀在烈焰中展翼飞翔，
你的精灵在空气里飘升悬浮。
渴望你温暖的怀抱，
期盼你微笑的面庞。
看见了闪烁的灯塔，
望到了穿梭的街景。
我的家园矗立在发射塔旁，
我的亲人欢聚在返回舱侧。
那个将我送上天庭的发射台，
那个把我变成超人的设计师。
我握住了你的双手，
我看见了你的眼睛。

降落伞是神女的玉辇，

返回舱翻转起太阳的帐篷。

穿过大气层的边缘，

闯过火焰墙的炼丹炉，

我的火眼金睛照亮了地球，

我的躯体感应到了人间的温暖。

我是一颗星，我是一轮月，

我是一盏天灯降落在你的穹顶。

这寒冷的暗夜，这广袤的草原，

已成喧哗的闹市。

漫步在夜空，徜徉在云端，

大地蒸腾出热气，经纬托举起华灯。

华灯在长安街上四射，

华灯在天安门侧辉耀。

我周身的铠甲是宇宙的防护衣，

我远行的舱体是无敌的战舰。

我降临到母亲的怀抱，

我降临至祖国的繁星中。

地球的夜景

地球的夜景，

有逶迤的蛇在闪烁爬行，

有灯火叠起的飞机在飞翔。

蛇爬出了长城，蛇点燃了万家灯火。

蛇皮织出了人的面孔，蛇胆倾泻着垂天美酒。

飞机飞越了群山，飞机平移过江河。

机舱里坐着萤火虫样的乘客，

乘客被大气层包裹着。

地球的夜景是宇宙的星空，

湖边的路灯倒映着玻璃幕墙的折光。

沿着太阳的坐标地球闪烁在月亮的上空，

跳过牧夫座的头顶，

地球如木炭在壁炉里燃烧。

木炭灼着微火，木炭温暖着人间。

地球的夜景链出金星垂望的彩灯，

灯火中的上岛咖啡香味四溢，

霓虹里的人流分解成扭曲的粒子。

地球同银河一起倾泻，

地球在仰望中飘动在宇宙风中。

夜色的经纬描画着斑斓的山川，

司幽隐身进了黑暗中，

盖亚旋转出了光明的轮廓。
地球的夜色垂挂在天幕上，
夜色中的眼睛泛着晶体的光泽。
罗迪尼亚①的瞳孔分裂开昼夜的交替，
蓝色的雪山披盖着飘动的斗篷。
地球的夜景有人的血脉在流动，
地球的窗口映现出光影幢幢的都市。

① 古代地球曾经存在的超级大陆。

幻灭与再生

我们挚爱太阳，

我们崇拜月亮。

我们敬畏广袤的宇宙。

那炽热的眼睛

放射着生命的光焰。

那浪漫的灵台

照耀着爱情的传说。

我们的躯体是星光的折射，

我们脑干运行着太阳系的轨道。

地球在进行战争，

核弹高悬在头顶，

人类的自私肆虐着灵魂的海洋。

我们从那里降临，

我们从鱼腹里探出求生的欲望，

细胞飘散至银河的漩涡。

螺旋臂掀起翼龙的翅膀，

三叠纪从冥界里浮出。

寰宇的一粒尘埃却妄自尊大，

星海的一朵浪花还自诩唯一文明。

第三层乾坤主宰着八面的上苍，

第四宇宙脱去神话的外衣。

拔出你的核按钮，嫦娥将永远美丽。

斩断你的核魔爪，广寒宫万世照耀着人间。

你流浪在尘世，你颠沛在仙王座旁。

你害怕死亡，你恐惧毁灭，

你狭隘地寄生要去毁灭万物的圣灵。

为了一丝苟延残喘，

你要发动一场宇宙的核战争。

为了贪婪的欲望，

你要把俗世的罪恶扩散出大气层。

我要为太阳去焚身；我愿为月亮神去殉情。

钱塘江潮印证着婵娟长裙的引力，

中秋的风情奏鸣着欢爱团聚的和声。

长河落日圆，明月松间照。

我活在球体上，我生在四边形里。

我登上了月宫，我穿越了太阳，

我愿同你一同毁灭，

我想拥抱着你缤纷消散。

凤凰重新涅槃，诞生会再次运行。

新的胚胎，新的枝丫，

会更生复活出滴血的花朵！

撞 击

一

恐龙是这样灭绝的，
远古的文明是如此折断的。
那天崩地裂的呼啸，
那日月迸散的流星雨，
毁灭了森林，撞击出了峡谷。
大海蒸发出干涸的山岩，
生命凝成了沉默的化石。
侏罗纪消失了，白垩纪湮灭了，
那些哺乳类物种，那群无脊椎生灵，
生机盎然的图景，众生喧嚣的窗口，
顷刻关闭住，成了尘埃，化为了颗粒。
我在陨石坑里沉睡着，我梦游在尘埃中。
我的分子四处飘散，我的幽灵挤在量子纠缠中，
我的染色体溅落进海洋里。
海浪的欢笑，海潮的曼舞，
我躲进螺蚌的壳体，
贝壳打造成我御魂的铠甲。
膨胀的三角体放射出闪米特人的 W，
海螺号吹响出 V 的手势，

W 构成了胜利的图形。

二

我推开贝壳的天门，
爬上了花纹交错的扇面，
太阳系在扇面上放射着曲线，
我蜷缩的卵体在胚胎中蠕动着
海水的浸泡，海盐的冲刷，
我钻进鲸鱼的腹腔，我潜入章鱼的软体里。
章鱼的墨汁淋漓在海水中，书写着我的进化论。
海鸥扎进泡沫里，把我叼在唇中，吞咽着，
我成了排泄物溅落到陆地，滑坠至森林。
我孕育着，滋生着，成长着，进化着。
我学会了煮饭，穿上了衣服，
我赤裸的灵魂袒露在黑夜的长廊中。
阴阳在切割，雌雄要媾和，人畜苦相争，
天地撞击出了日月，海水撞击起了高山。
刀枪撞击出了战争，搏击冲撞出了拳王。
云雾在山崖上涌动，仙的斗篷拖曳着尘世。
闪电搅动着乌云，雷声撕裂开楼群。
人是天堂的虫子，人为仇恨的种子。
敞开地狱的子宫，孕育出一个个怪胎。

三

原子弹曾爆炸过，

冲击波就在身边撞击开。
生灵瞬间汽化蒸发成颗粒，
我们从颗粒中卵磷出，
苦难和罪恶铸就另一个的我们。
六千六百万年前那个黎明的早晨
亿万年茂盛的森林，生物的乐园，
瞬间化为了乌有，顷刻埋葬了旷古。
恐龙霸主的世界沉入了海底，
小行星撞击出了我们哺乳动物的通道。
我们生长着，呼吸着，
傻傻地哭。憨憨地笑。
我们在你争我夺，我们在尔虞我诈。
你的净土早已污染上了恶臭的血污，
你的江河已融进悲伤的血泪。
火星陨石碎裂出了生命，
朗斯代尔石聆听着通古斯大爆炸。
毁神星将飞临我们头顶？
撞击出一个新世界，开创出一片新天地。

机 翼

机翼插进云的波涛，

翅膀搅拌着流动的翻滚。

或许，还有，

那一团团的冥想。

弥散的雾堆成了雪，撕成了海。

拉开弓的箭，撑开了弧线。

机翼掠着落日，迎来迷离的灯火。

璀璨、闪烁，流星雨从山峦奔涌泻下。

交织、纠缠，亮的溪流在流淌婉转。

机翼是座山，耸立在彼岸，

眼睛眨动着，光斑颤抖着。

滑过祈年殿的金边，越出灿烂的十七孔桥。

有车身在彩虹桥上漂移，有人影在街道上晃荡。

光影折叠成飞鸟，萤火虫四处飞散。

机翼劈开天地的衔接线，梳理着飘动的青丝。

灯柱的脊整齐排列，迎接着机翼的检阅。

大地扑向了眼前，夜空抛向了宇宙。

人
世
篇

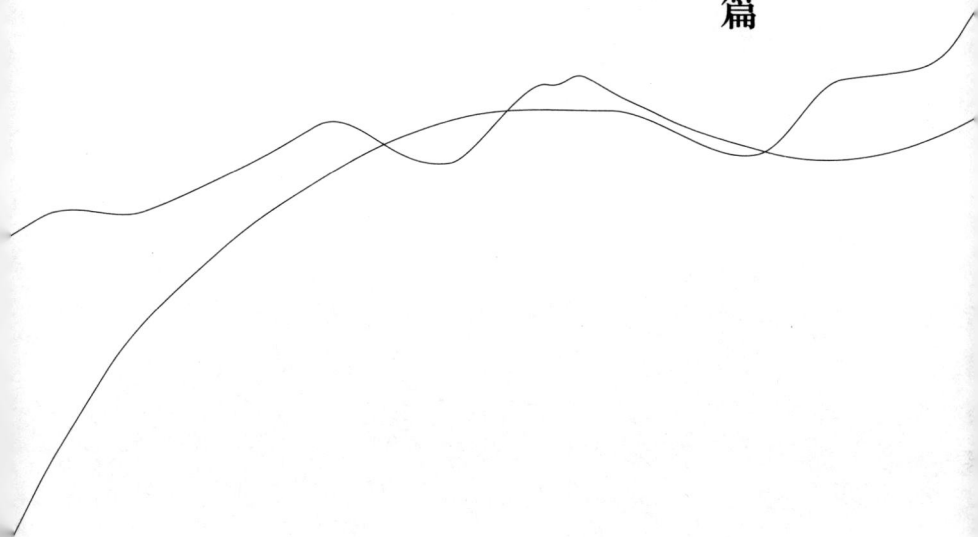

辞旧的乐声

——观维也纳新年音乐会

这寒冷的冬日，
这肆虐的冠王。
恶魔穿行在凛冽的
寒风中。
空旷的金色大厅，
回荡着智人不屈的求生欲望。
那盏矿灯照亮了幽谷的隧道，
狂热的爱情点燃生命的暗夜。
里卡尔多擎起了指挥
世界的金属棒，
金属棒矗立在多个城邦，
金属棒传来了外星的问候。
波尔卡的节奏从金属棒上
奔上了苍穹，
施特劳斯横渡过了多瑙河。
新年来了，春天来了，
我们被驱赶到四野，
我们被囚禁在暗夜。
纷飞的大雪中，
我奔跑在冰河上。
我在聆听，我在呼喊，

恶魔你听到了吗？

我要催醒你隐身的残忍，

我要撕开你蒙脸的面罩。

欢乐女神光照人间，

天籁之音是挣脱锁链的呼号。

我们在进行曲中

唱响生活的欢乐，

我们从芭蕾的弹跳里

旋转开生命的半径。

天下第一枪

——致杨倩

娇小的躯体端起了
射击的步枪，
这步枪沉重仿如泰山，
那准星套着希望的方圆。
她闭上了眼睛，
心脏的频率扣动了
汇聚的精灵。
她睁开了双眸，
环形的点数绽放出了花朵。
瞬间的窒息，毫厘的波动，
都化成朱砂的丹彤。
她是狙击手
堑壕前匍匐着多国联军。
她为花木兰
路途有荆棘密布的
一发千钧。
她沉静的表情泛出涟漪，
她忧郁的神态充满了诗意。
多少个目标，多少个圈层
都定格在那循环的引力中。
妈妈的油焖大虾让她馋涎欲滴，

桃李年华撞击出流金的四溢。
向日葵转动在了她胸前，
靶环铸成了金色的太阳。

谷神星上的鸟鸣

雪鹰在冰峰上立起了翅膀，
冰凌在悬崖处闪烁着极光。
你的滑雪板在天地之间飞翔，
划出了逐日的抛物线。
这弧线中旋转着 π 的圆周率，
这飞行中求定着勾股弦定理。
你的头盔是战神的面具，
你的风景隐着山峦的绝顶禁区。
你在山峦上畅想着，
你从禁区里跨越出。
两个青年男女，两个追风少年，
林海雪原中风驰的小栓子，
滑板帆船上蹦跳起来的青蛙公主。
脚翻卷着天空，脸俯瞰着大地，
身体的五环已挥洒出迸射的晶莹，
大地上的白雪纷飞扬起缤纷的花红。
彩虹从雪瀑上弯弓出袅娜的身姿。
金色的光泽，银色的辉耀，
空气在寒天中承受着你的动力
映现着童话世界里的故事。
你是谷神星，

你已传来霜天海角光年的折射。

你为北冥鲲鹏，

你振翅的鸣叫唤醒了明媚的春光。

圣火之下

一

火炬点燃了，
旗帜升起来了，
夜晚的太阳垂挂到了天幕。
血管扭结着人的不屈，
空旷的田野迎来
收割的将帅。
那片庄稼，那穗稻谷，
扭动出了丰收的欢舞。
鬼魂在欢唱，火神台在超度。
升腾的闪烁，飘飞的再生。
你要去奔跑，你要去跨越，
你奔跑过崎岖的山路，
你跨越过湍急的河流。
你是风神，你会鸟语，
你的身影定格在霞光的蒸蔚中。
四年的等待，四十年的期盼，
失去的面庞重新揭开，
凝结的热血再次沸腾。

二

雅典的骑士，
马拉松海边的飞人，
斐迪庇第斯为捷报
奔跑了一个世纪。
世纪儿捶胸顿足的嘶鸣连天接地，
天空迎接着飞燕，泰山推举着星空。
你张开双臂托梦着太阳，
你敞开胸怀拥抱着爱情。
悲痛的莉花雨喷洒在腮边，
喜泣的嘴唇颤抖在脸颊。
你的血色素，我的肌肉弹性，
都已撑开一个角斗的沙场。
你可去上天揽月，你能水击三千里。
我失去的狂欢重新绽放，
我窒息的呼喊再次冲破喉咙。
一个飘逸的准星，一个终极的目标，
粉碎开放出了一朵鲜花，
鲜花淌着血，鲜花滴着泪，
鲜花盛开出希望的雌蕊。

三

年少时我围在篝火旁
唱着儿歌，
年长时我偎在炭炉边

吃着烧烤。

故事从遥远的星月讲起，

月亮是圆的玉盘，

星星如眨闪的杏眼。

金银铜的牌照辉耀着

流金岁月、白银时代、青铜纪年。

循环的岁月嵌着圆周率的书签，

溢出的印泥盖着五环的彩圈。

斑斓的手镯穿过有色人种的栅栏，

你肌肉的条块，你眼花缭乱的串联，

你在空翻的瞬间让地球停止了转动。

闪电中的你疾驰过分秒的计时，

雷鸣里的他气壮山河，

没有喝彩的穿顶飞翔着欢笑的生命。

圣火在升腾，圣火要焚毁黑暗的监禁。

渔舟唱晚归

一叶扁舟
飘落在大洋彼岸。
一曲《渔舟唱晚》
淹没在了月色西沉的海边。
她戴着脚链，抛锚在堤岸。
她是渔家女，要去捕鱼捉蟹，
她为美人鱼，游弋在大洋间。
渔网网罗着她的胴体，
食人鲨啃食着她的肌肤。
在遥远的港湾里
她寻找着归航的灯塔，
在窒息的船坞上
她渴望着迷雾中的回声。
回声漂洋过海而来，回声从箫籁传至，
海鸥展开双翅，海燕飞过天边。
一千零二十八天的出海日，心系了万众的期盼，
日月晨昏的迭替，迎来潮汐的起起落落。
渔霸收了网，渔霸焚烧了船，
渔霸要占有万里海疆。
渔民们扯足了帆，渔夫们铆足了劲，
舵手让帆船奔向了北回归线。

圆月升到了波涛之上，
扁舟在秋水间激荡。
舟船飞上了太空，
舟船掀起了秋风。
秋风中红帆升了起来，
红帆迎来了漫天的云霞。

神灵的运河

巴拿马运河上的桥梁，

苏伊士运河的咽喉。

从曼彻斯特到基尔彼岸，

阿尔贝特船闸底的安特卫普，

莫斯科城下摇过伏尔加河上的船夫，

伊利牛仔泅渡哈德逊水流，泛波着五大湖。

它们汇聚着，它们融合着，它们奔涌着，

越过大洋，穿过群山，经过古堡，

它们漂流进了京杭大运河道。

这河道最为久远，这波浪最为深广。

春秋的邗沟里开出溪流，秦王的灵渠集结着大军。

历史的风尘飘荡在身，才子佳人的艳遇流光里诉说。

神话飞过河畔，帆船招展过旌旗。

西游而去的流沙瀑从花果山倾泻四海，

掀开水帘洞凿开万仞山的绝壁，

齐天大圣搅动了长江黄河的魂牵梦萦。

钱塘水上的海市蜃楼升出了通惠堤岸上的天宫，

漂洋过海的苏禄王沿运河登上了天宫的台阶。

大运河，我盘古臂膀撕开的河。

大运河，我人杰地灵绵延不息的河。

擎起火把节

布拖的火

火是面旗帜，
飘扬在南诏王的
铁骑上。
火是朵鲜花，
盛开在千年的岩壁端。
凝固的石刻
燃烧出了生命。
生命奔向了山峦
生命繁衍到了
黑绵羊的身上。
颤抖的火苗
迎接着纵火的祝融神。
火点燃了沉睡的激情，
火擦亮了迷茫的路途。
火是奔跑的精灵，
火是飞翔的雏鹰。
我拥抱着火，
我环伺着火，
我的火把点燃了

上苍，
飘飞的火焰
冶炼出我的火眼金睛。
火要焚化掉旧世界，
火迎来黎明的布拖。

行走在布拖的大街上

店铺拥挤着街道，
彝曲滑行在石板路。
坨坨肉催化着肠胃，
皇冠游弋在人流中。
哥萨克骑兵的披肩，
浴火拼杀的战斗帽，
奔向盛典的中心。
他们成群结队，
他们扶老携幼。
他们成了一条河，
他们汇聚成一首歌。
那个身缀明珠的帅哥，
那个头缠彩虹的靓妹。
他们的队伍浩浩荡荡，
他们的队列勇往直前。
我想成为他们中的一员，
我梦为邻家的上门女婿。
我获得了金鹰奖，
我驭驾成赛马手。

我获得了金索玛的青睐，

我同她生了一群娃，

我和她一起走进了三星堆。

布拖的诗人

诗人的眼睛

套着日月的反光，

诗人的躯体覆盖着

遥远的迷境。

那里有神的呼唤，

那里有灵的附体。

他书写着黑绵羊的传奇，

他吟咏着毕书中的天机。

他的口在喷火，

他纵目到了天外。

一个传奇的诺合，

一方垂降的恩体古兹（彝族的神）。

大凉山孕育出了火焰上的骨血，

邛海风吹拂出了他的自画像。

兹尔若洛的星光交织出

大洋彼岸的闪烁。

都比都格敲响了

古老的钟声。

你渡过了河，

你翻过了山，

你的世界是开裂的星球。

亭楼下的谧境

一

芭蕉叶上浸透着风情
菠萝蜜里蕴含着蜜意
椰子汁里流淌着润津
三色饭中漫溢着稻香
人在天边走
雨林环绕着彩云飞旋
瀑布在倾泻
古树在诉说
昨天今天与明天
远古的故事交织到未来
那轮日出
在谧境里升起
那只帆船从梦魇中泛波
糯米酒煮沸心潮
诺丽果垂挂嘴边
橡胶在夜色割出
芦笛吹出幽怨的愁绪
黎乡里的苗歌
绵绵间的彩云

二

方言的图案

嵌着生命的符号

天地日月

山石树精

交织着造物的崇拜

雷公根、龙船花

哥妹的欢舞在火焰中燃烧

槟榔咬在嘴里

馨香飘荡在凤凰树边

静谧中的秘境

鼓声隐隐传来

踏过火障

铿锵玫瑰在竹竿中盛开

攀上乔木树尖

椰子果天女散花

那歌声遗在乡间小路

那悲伤辙过岁月的泥土

拨滇摩登的祝语

从簸箕餐的托盘端出

紫荆花召唤着三角梅

火焰兰在空气中燃烧

三

翠绿的湖

神玉的岛

雾霭袅娜聚合

山峦婉转曲折

栈桥通向迷津

涟漪中的白塔叠影幢

寿星佬在长乐宫恭接水上来客

那神秘的星空

那沉醉的眼睑

透出月色的抖动

娴女轻盈的秀足

山间鹧鸪啾鸣的回音

草房茅屋里的文房四宝

品茗茶叙吟诗作画

泼墨出山色凌空

书写出上善若水

保亭是一座遮天盖地的长亭

亭下是这样地阒静

亭下有一处超然的谧境

保亭的亭楼下藏着繁盛的闹市

旋转的北京

清晨我登上双层公交车去上班，
北京在二层开阔的窗前展现。
檐顶在我眼帘下划向楼群的山间，
玉渊潭的电视塔尖挑着白云在盘旋。

我回望着展览馆上方的红星，
有人拉起莫斯科餐厅的手风琴。
拐过复兴门利玛窦教堂从空中飞行，
唱诗班的歌声在风中聆听。

转过交叉路口我下车走进了我的单位，
我是这里一间办公室和办公桌上的主人翁。
劳动是在成堆稿件和电脑里爬寻，
工作是战无不胜并充满着乐趣。

下班我没想及早回家去享天伦之乐，
我踱步到了历史博物馆的北侧。
大剧院的头盔闪亮地罩在我头顶，
水的倒影映着奔跑在它身边的健身者。

大栅栏的步行街对着前门的弧洞，

游者穿梭在老北京的吃喝中。
烤鸭与酸奶诱惑着行人，
炸酱面的味道扑面而来。

我穿过天安门来到了广场，
纪念碑的顶端隐现出了弦月。
仪仗兵在潇洒地换岗，
整齐的队列从金水桥上涌来。

我看见了降旗仪式，
号声中羡慕起了仪仗兵的军服。
观者从升旗宾馆围聚等待着明晨，
我真想成为军靴上的一员。

景山顶可鸟瞰北京的城区，
白塔在灯影中朦胧浮现。
故宫沉在夜色里慢慢睡去，
东西城已在灯火的璀璨处。

我睡在北京里，
我的梦在王府井的喷水中迸射。
梦里的长城成了我走不出去的迷宫，
我成了迷宫中一条游弋的鱼。

万寿山上我把北京拥抱在胸前，
智慧塔顶我想启动我的慧根。
交叉的云从十七孔桥升起，
旋转的北京在爱与恨的交织中。

5路公交车

物景显现在窗口，
玻璃切换着婆娑，
树影编织出人的面孔。
建筑的叠替，
时间的瀑布，
街道的小溪。
安然入睡的景山，
静默沉思的故宫，
鼓楼、风铃，
绕过年轮的曲径，
门洞、飞檐，
遁出往日的悲情。
一片金黄的落叶，
滚过惆怅的失落，
一朵风中的白云，
飘逝遥远的思恋。
车承载着流动的岁月，
车驶进历史的迷宫。

地 铁

地铁是沉默的，地铁是喧嚣的。

沉默的人互不搭讪，喧嚣的车风驰电掣。

手机奴隶的男女，埋头。

窗口闪过一个个驿站，将抵达公主坟。

你到了北海北，你去了南天门，

平安里是吉星的福地，八王坟不知埋着何人。

你闭上眼，你人生的站名起始穿梭。

从西到东，车厢承载着永不休止的奔波。

从南到北，行李箱拉动着远行的颠簸。

拥挤的气息，转身的秀发，垂挂的玉臂。

眼睛躲闪着彼此，车体引力，存在的频率。

到了，过了。每个地球的经纬在颤栗。

走了，睡了，晃动的梦境在座椅下喘息。

短暂的路程，悠长的隧道，旋转的曲线，

瞬间的归宿，漫长的期待，永不停息地循环。

这是城市皮肤下的血脉，

这是彼此筋骨中的肌理。

地铁启开喷火的枪膛，射出子弹的车厢。

我们生活在台阶下，我们潜行。

站厅是永久的夜市，站台迎来阳光的出口。

假如某天它沉陷进永远的黑暗，
我不敢想，我不愿思，
我要赶紧走进灯火辉煌的人世。

明天我要去武汉

明天我要去武汉，
登上龟蛇顶，
爬上黄鹤楼，
吃一碗热干面，来一钵啤酒鸭，
叶开泰街的老酒醋畅润津。

明天我要去武汉，樱花盛开之际，
穿过月湖路，奔向珞珈山。
在花丛中我寻觅爱情，
在缤纷里我嗅着春天甜蜜的气息。

明天我要去武汉，
沿长江桥我驶过三镇的街区。
武昌城下聆听起义的枪声，
禹王宫前平成河汉江淮。
枪声点燃了焰火普天光照，
大禹王抖开荆楚雄风。

明天我要去武汉，
我要游东湖，我要渡长江，
我要攀上古琴台

让《高山流水》泻进心潮，
让俞伯牙隔世再生，
弹奏起太子长琴，
使天下欢歌。

明天我要去武汉，
我要逛摩尔商业城，
买一身爱帝名牌，
开上雪铁龙奔驰在武黄高速路上。
搞么事啊，
一碗豆皮穿肠过。
明天我要去武汉，
劈山，铺路，架桥，开楼盘
读池莉的小说看耿丽亚的汉剧。
池莉打造了汉正街，
耿丽亚唱起《打灶神》。
汉阳造扛在肩上定居在芳华楼。
我是屈原的后人，
我谓九头凤凰，
世世代代，
绵延春秋。

抒怀汉阳

汉江两岸有一块福地，
汉江东西有一座桥的城市。
城市被彩虹织就，
三镇被汉阳普天照起。
闯过铁门关，
绿地的晴川豁然开朗。
登上蛇龟背，
三江拥在怀中一抒青云志。
黄鹤依稀飞鸣在对岸，
琴台的奏鸣流淌在音乐厅。
波影中的船帆被日月拖动，
对酒当歌可饮尽东流水。
汉阳造打响了中国第一枪，
汉阳铁铸成改天的义胆。
汉阳造的天，汉阳造的地，
勇击倭寇，羯鼓催花。
中铁的桥，汉阳的桥，
张之洞的梦，大禹的力。
九省通衢，九龙归海。
鹦鹉洲传递人的呼声，
高山间涌动出泉流。

月桥月河把嫦娥的衣带吹起，
天边的知音相会在曙光里。
长江交汇着汉水，
汉水拥抱着汉阳。
襟江带湖，酒香百转，
泼墨池泼出了七十年的
流水年华。
汉阳在历史中，
汉阳在孤独的隧道走了出来。
有一页记载，有一笔书写，
浸透的血泪，奔腾的心潮，
走汉正街，过禹王路，
日月挥洒在天，
灯火泻出掠去的船影。

启航的海港

沐浴着海风，
乘着过海潮，
进台州，过龙门，
装船的机械臂
伸展到了波涛的顶端。
它们移动着挺拔的身姿。
让星空闪烁在巨擘间
海水衬映着它们的雄姿。
整齐排列着队列。
泊岸的鲸鱼
是去远洋的货轮。
海鸥样的拖船
将它们拖向远洋。
传送带滚动或燃烧的动能，
传送带流淌着生命血液。
集装箱承载着一个城市，
桥头堡连接着乡村公路。
走上健跳港的孙中山，
指点着建国方略。
去东海、入黄海、
过渤海、行南海……

他的理想已实现，

他的壮志已昭示。

秦皇的远景，

大麦屿的开发区，

已将基隆港拥抱在怀。

启航吧，

你的万吨巨轮，

远洋去吧，

当代的郑和已劈波斩浪，

伸展的航线扭结着四海五湖。

科尔沁的弯月

我不认识科尔沁，

但循着他的歌声便能找到他。

我看不清科尔沁的面孔，

手握弓箭就能骑上他的骏马。

我随他一起奔上了草原，

一片绿，一片黄，

一只飞起的雄鹰。

科尔沁的草原在天上，

科尔沁的月亮在地下。

为了让草原重回地上，

为了让月亮升起在敖包旁。

歌声驰来了骁勇的达木德，

他的马蹄跃起，

他的战刀闪亮发光。

他有一片春光的梅林，

他的爱情像梅花那般倔强盛开。

夺回受难的海日图迷你去浪迹天涯，[①]

打开草原的枷锁让它牛羊成群。

烈马挣脱开绳缰，

---

① 海日图迷你，蒙古语为亲爱的意思。

鸿雁展开回归的双翅。
科尔沁的弯弓射出弦月的箭，
科尔沁的套马杆缚住强盗的双脚。
他活在蓝天白云间，
他生在日月星辰里。
只要有他
草原就难再被剥夺。
只要他的歌声还在唱，
马上的骑士就不会消失。

海韵短歌

夜　海

中元节的今天，
路灯皆已熄灭。
栈桥仅有个轮廓，
丛林的树影隐在黑云里。
去海的通道深渊样悠长，
黑暗中喧嚣滔滔声，
游魂层叠地向海滩涌来。
鬼月半开半合地在窥伺，
蒙面的头纱显影在罅隙间。
鸥的一声凄厉嘶鸣，
催醒了幽灵般的眼睛。

海　鸥

海是鸥的翅膀，
浪是鸟的羽毛。
栖息在桅杆顶，
滑翔至波涛上。
她们凫游在水边，

她们群聚在潮汐侧。
抖开双翼去觅寻，
往往食鱼享用美味。
沙滩前遗下梅花的脚印，
飞翔中迎接着初升的朝日。

海　潮

它们在不停地倾诉，
它们在无尽地哭泣。
它们层层叠叠涌来
它们渐渐地退去。
狂风暴雨中，
它们在悲怆地呐喊。
风和日丽时，
它们在温柔地细语。
雪浪花盛开在脚下，
风的声回响在耳畔。

船　帆

白色的帆，
是一片云。
铅色的船，
是击浪的鲸。
帆在蓝天上游弋，
船横过了港湾。

白云飘起霓裳，
五颗星在船顶照耀。
船帆驶向了彼岸，
海天垂挂在了胸前。

赶　海

蹚着海水去捞螃蟹，
穿着雨靴去垂钓。
一无所获也乐此不疲，
颗粒无收也心满意足。
站在海浪上的快乐，
推着潮水的愉悦，
提着希望地等待，
欢乐的时光回旋在胸前。
鱼竿的弧线弯成月弓，
撒开的渔网打捞着波光。

海　港

装船机的脖颈伸向碧空，
长颈鹿的触角探入深海。
航道迎接着货轮的停泊，
传送带输送着光明的吨位。
离家的海员将去远航，
通埠的商船要去四海五湖。
有一个国家，

有一座城市，
有一群难民，
在等待着。

海　鲜

月饼挂到中秋的天空，
梭子蟹堆挤到了早市。
躲在铠甲里的生蚝，
吸附成一体的鲍鱼，
引来美味的食客。
击打着小钹的蛤蜊，
敲击开云锣的平鱼，
欲要设宴欢庆。
吹起海螺号，弹起琵琶虾，
口福的季节就在月升起时。

海　滩

观海亭是个阁楼，
观海人四目远望。
海滩是张煎饼，
卷着鸡蛋的日月。
海滩是张撒开的网，
罩着云天底的新人
婚纱随海风飘起，
亲密伙伴伴海鸥飞去。
孤零零的美人鱼，

雕塑在海滩上。

栈　道

栈道通向树丛，
栈道绕过海岸线。
雨水斜飘过来，
蜘蛛织起了网。
栈道奔跑过晨练的男女，
驿站对接着湿地。
鸟禽在彼岸飞舞，
栈道蜿蜒至梦的出口，
天空透出明亮的蓝色。
栈道伸展进海水，
歌声从耳畔响起。

日　出

油彩染红了天边，
胭脂涂抹出了丹砂。
海水在蒸腾，
鲜血在奔涌。
一颗珍珠抖动在红绸间，
一枚钻戒闪耀至岩石侧。
珍珠从船舷跳上了桅杆，
钻戒套在了船长的手指。
海鸟在欢聚，
海鸥在欢飞。

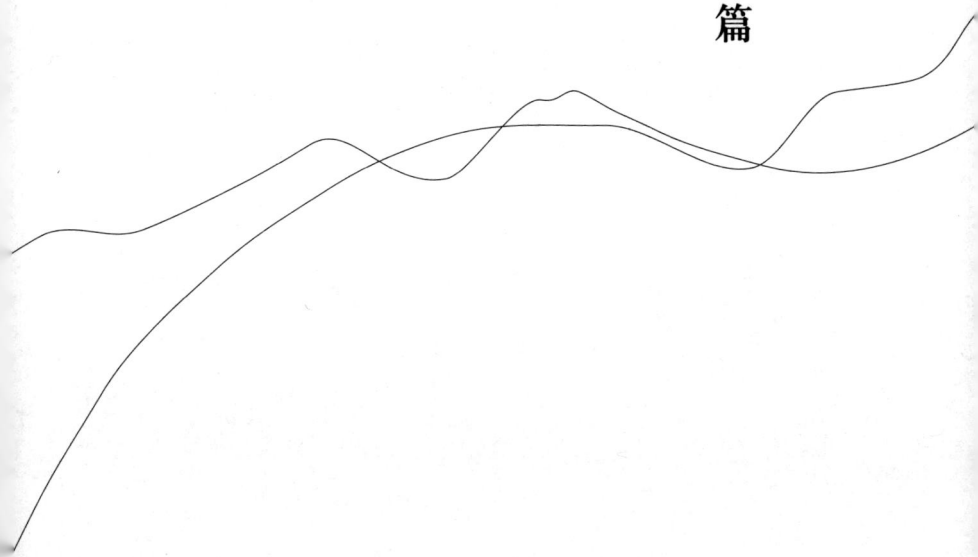

砥
砺
篇

天地的神农氏

——仰望袁隆平

我们从小就背诵着

谁知盘中餐，粒粒皆辛苦。

我们懂事时就喜看着稻菽千重浪。

古墓中出现了远古熟穗的芳香，

地窖中酿出了热血沸腾的琼浆。

我们播种，我们插秧

我们施肥，我们扬花到白云间，

我们打场，我们开渠，

我们脱离出了辛劳的悲欢。

你成长了起来，我茁壮了肌体，

碳水化合物哺育着万千的人世。

人世的饥肠伴随着苦难在滋生，

忘不了 1942 年啃着树皮的挣扎，

忘不了灾年中沿街乞讨的眼神。

在西撒哈拉，在中部非洲，

联合国的救援行进在肥沃土地上，

桑田碧野边，山川河流旁，

战火中儿童躲避在富庶的丛林里。

饿殍遍地的生灵期盼着面包的施舍，

瘦骨嶙峋的残喘渴望从匍匐中挺身。

一个叫袁隆平的庄稼汉从田野深处走来，

他古铜的脸上刻下饱经沧桑的沟壑，
他草帽下展现着神农氏的苗禾。
他挥着镰刀，他打着赤脚，
脱胎的种子被他捕捉在手，
杂交水稻遍撒进水溢的万亩方田。
水稻堆成了山，水稻流成了河，
河水浇灌进了四野八荒，
丰收的果实跳跃着在欢歌。
他拯救着饥饿，他拯救着岁月，
他欲在长成菩提树的龙稻下乘凉酣睡。
袁隆平，你已将广袤的平原兴隆茂盛，
袁隆平，天边的泽土也等你去耕耘。
你的子孙漫山遍野，你的族群四州八方，
你收割回的丰收果实会千秋繁衍，
你开垦出的沃土良田将造福万代庶民，
你的灯塔永远照耀着我们的生命之路。

不 朽

在北碚图书馆里，

我看到一本书。

它和历史文献天文地理

并行在知识的长廊中，

书脊嵌印着他的选择，他的自述。

在国际影城，

电影《敦刻尔克》让我产生联想。

宜昌大撤退，长江的激流

托载着临危不惧的船王，

一个国家的漂泊奔向胜利的港湾。

在兼善中学里，

我见到一位数学老师，

他在画着三角，他在讲解着中等代数。

浸泡在北温泉中，我荡涤掉了陈年的烟尘。

沿着北川铁路我来到天府矿区，

燃煤让我热血沸腾。

穿上三峡国布①我在公园和操场上，

见到一群奔向抗日沙场的

热血青年。

① 抗战中卢作孚三峡染织厂出产的布，人称国布。

我是那青年的后代，
我肩负起了历史的使命。
我永远铭记那青年中
不朽的名字
——卢作孚。

1926 年的扶贫

他沐浴着巴山夜雨走向了世界，
他摘去耶鲁的学冠奔去了定县乡村。
冀中平原出现了科学布道的传教士，
他行走在蛮荒贫瘠的土地上
建起聆听文明的礼拜堂。
实验室点明了酒精的燃灯，
燃灯照亮了幽深的病灶。
千年贫愚弱私的白鼠被解剖开，
平民夜校里聆听着他的生理课。
他在寻觅着本固邦宁的脑矿，
致富的歌声在校园里回荡。
洁白的棉花，绒毡的羊毛价格，
雪样飘洒在脱贫的千家万户中。
课桌旁的农人成了农学家，
耕田者走来了赤脚医生。
他办起了一个互助的大家庭，
合作社的农场方兴未艾。
他是上山下乡的先驱，
他是化农为身的贾思勰，
新的《齐民要术》流芳百世，
壮志未酬的农耕文明将遍撒大地。

他和爱因斯坦并肩走上联合国讲坛
宣示着世界的未来。
泥土中的晏阳初播种着生活的新貌，
田野里永远传唱着他的农夫歌。

吴堡的两个人

一

他静卧在黄河岸边，
他的塑像笑开了花。
胡髭下的眼睛追上了急流中的船，
东渡过去有歌声飘上了云端，
西渡过来有信天游涌向了对岸。
他活在壁画中，
他统领着泥土中的作家队伍。
活着的柳青从故居门走出，
远去的寺沟村存有《创业史》的后记。
唢呐声中报晓了脱贫的喜报，
梁生宝的子孙已让蛤蟆滩变成了沧海桑田。
桑田中收割着百年的梦想，
梦想中浮现着新农村的乐园。
苹果熟了，红枣甜了，
黄河鲤鱼跃过空心挂面的瀑布。
吴王的后代，城堡中的卫士，
开掘出了新颜的石头城，
石头倾诉着历史，石头讲着今天的故事。
今天映照着明天，

明天预示着未来。

有后继的高鹗续写新的《石头记》，

有创业的子嗣完成未竟的篇章。

二

天路在他的脚下向前延伸，

天路的尽头是日光灿烂的城郭，

天路的起点是郝家山村的黎明。

他在寻找着，

寻找着噶尔穆奔腾的野马，

建起了格尔木河水交错的城市，

他在寻找着生命焕发青春的欢笑。

他的路口站着刘志丹，

他忍受着亲人惨死的悲痛。

走上了不归的路。

他的路在战火的硝烟中迎来了曙光，

他的路架上了直上云端的桥。

羌中道迎来了汉武帝新的将领，

高原上飞来了凌空的雄鹰。

昆仑山上刻下他的名字，

青藏线撒进了他挥洒汗水的珍珠。

他的路开拓出了高铁的基石，

他的路让喜马拉雅山垂下了高傲的头。

走上他的路，

见到了一个年轻的吴堡县委书记，

穿上他的鞋，

记住了一个叫慕生忠的将军。

贝多芬在歌唱

一

二百五十年的天籁之音，
震动到了今天。
二百五十根擎天柱握在他的手上，
指挥着天庭巨浪滔天的回响。
月光泻在他窗前，
少女祈祷着上苍。
群星散落到他的旋律线上，
音符跳跃进他的血管里。
悲伤中的奏鸣，
哀愁时的呼唤，
愈合了深深的伤痕。
那痛苦的失恋，
那落魄的沉沦，
那战场上的败退，
都在命运的拼争中灰飞烟灭。
人事的钩心斗角，
政坛的你争我夺，
早被他的暴风雨扫进了地狱。
他的英雄驰骋在无数个沙场上，

他的田园倾泻进雨后温润的甘霖。
《欢乐颂》穿越过勃兰登堡门，
弥合住了分裂的德意志。

二

圣母的颂歌，
耶稣的鼓手，
全握在他的股掌间。
大海的波涛被他掀起，
群山的瀑布让他震惊。
A—B—C—D 的音阶，
他随心所欲地攀缘，
迷宫似的赋格与和声，
他信手拈来谱出莱茵河的波光流影。
窒息的乌云下畅饮他音乐的阳光，
压抑的思想呼唤他自由的切分音。
四海之内皆兄弟让魔鬼也有了慈悲，
众神美丽的仙女把咏叹的诗句写进心灵。
拿破仑被他踩在了脚下，
奥皇让他挤到了门边。
爱情是如此地渺小，
仕途是那样地猥琐。
那些背叛，那些诽谤，
那些流言，那俗世庸碌的无聊，
全被他的乐潮荡涤在岸边。
他失聪的耳骨叩开了天堂之门，

他日耳曼的印欧语系谱成了全世界的共鸣。

三

路德维希
我是这样地崇拜着你。
在你的脚下
我传诵着上帝的足音，
在你的湖海中
我被领航着前行。
你的小溪，你的清泉，
洗礼着我的灵魂。
你承前启后的天梯，
爬上了一个个音乐骑士。
我在骑士的队伍中跃马飞奔，
我骠骑兵的战刀划动着弧形的节拍。
众神在你的指挥下纠集起来
披星戴月的军团，
天兵让你率领着阔步行进。
温柔的夜倾诉着思恋的情怀，
纯净的天空飘过飞鸟的啼鸣。
我在睡梦中寻觅着你，
冥想中我聆听着你。
你的狂怒让我握紧了拳掌，
你似水的柔情浇灌着我的头颅。
我是你麾下的乐童，
我同你一起在歌唱。

赤子之死

——悼傅聪

你去了
黑白琴键上飘过纷飞的
鸽群。
你去了
犹如演奏完《夜曲》
从琴凳上起身鞠躬
燕尾服托着你从音乐厅
飞向蓝天。
你的双手触摸着德彪西
印象的痕迹。
你的诗意融进斯卡拉蒂的
清泉。
一次遥远的追梦旅行
让你背井离乡。
一本泣血家书
成为青春的音乐手册。
你轻抚幽境的手
把天籁的音阶垒起。
你咏读信笺的眼睛
推开了心灵的窗口。
此岸彼岸

克利斯朵夫渡过了河。
过去现在
玛祖卡的舞步在指尖上
跳跃。
莫扎特的童心
让你永远定格在
肖邦的悲伤中。

傅雷·傅聪

我们读傅雷
我们听傅聪。
傅雷让我们成长
傅聪使我们聪明。
雷声震响着英雄的足音
聪敏拨动着心灵的叩击。
人间的喜剧演绎着尘世的悲哀
肖邦的奏鸣回旋着离乡的惆怅。
黑暗中走来了罗曼·罗兰的光明
幽闭的空间敲响着众神的合唱。
人生在译笔下寻觅交汇
思绪在音符里飘飞融合。
皎洁映在溪水中
冥想从湍急的波涌里溢出。
我懂得了爱情
我知道了男女。
我迷恋上了另一种语言
这语言的词汇爬满弹跳的精灵。
你有了成长的烦恼
你渴望去游历卢浮宫。
眼泪与鲜血汇聚出激流

星光与月色交织迸射。
我倚在牧童短笛旁
我埋首在艺术哲学的扉页间
我感悟出了活着的另一面。

归来的骸骨

你的遗骨是历史的见证，
你的躯骸飘落在异国他乡的彼岸，
你的鲜血浇灌着和平的沃土，
你的面孔永远凝结着青春的豪迈。
你姓黄，你叫黄铁山，
你称赵，你是赵云飞。
你的履历上写着华氏 3580 度，
你蒸腾着众多华夏儿女的英魂
冲锋枪旁，黄挎包边，
报话机听筒上，捆绑的炸药包前
你闭上了双眼；你怒睁着双目，
双手抠着泥土，嘴巴含着炒面与雪水。
最后一刻，你露出了胜利的微笑，
弥留之际，你把爱情拥抱在怀。
从鸭绿江边到汉江两岸，
你的躯体是闪电疾风的战神，
你的血肉是阻挡敌军的铁甲盾牌。
长津湖边，你匍匐的骸骨令生灵胆战，
长城的基石因此而坚固如钢。
松骨峰上，你扑向敌群的身影，
定格在宇宙大爆炸的瞬间。

爆炸炸出了一个新的星球、新的世界，

你的骨骼搭起了环球的顶棚，

你的脊椎挺立起了苍茫大地。

有人言，要忘却了你们，

有人叹，你们已成过目的烟尘。

不，你们存活着，你们成长着。

你们的骸骨是参天大树，

你们的裹血力战气贯长虹。

千百年来的欺凌蚕食绞杀的锁链，

让你们挣脱粉碎。

日月春秋中的悲鸣，

被你们谱成壮丽的凯歌！

你们聚集的骸骨是永生的青年集结号，

你们的墓志铭镌刻着无数家族的光荣。

你们没有死，

你们不会被遗忘。

在历史的车辙里

你们是抹不去的印迹，

在神光辉耀的通天塔顶，

你们的骸骨将搭起

直通霄汉的云梯。

红 蓝

红军和蓝军，
演习沙盘上的对立方，
战场上彼此的对手。
朱可夫与巴甫洛夫，
蓝军战胜了红军。
战场上的较量，
红军最终取得了胜利。
红与蓝是闪烁的霓虹灯，
蓝与红是两部电影的符号。
红色涂抹出了生命的旗帜，
蓝色四溢着爱情的浪漫。
蓝红的球衣晃动在世界杯赛场上。
红色的西班牙队，蓝衫的法国队，
红蓝交错着竞争，蓝红奔放着胜利。
航天员把红色的国旗挥舞上了蓝天，
返回舱蒸腾起蓝红的火焰，
蓝天里融合着红星的闪耀。
蓝与红是一弯飞天的彩虹，
是一道亮丽的风景线。
虹交错着蓝紫的曲线，
虹张开了擎天的弯弓。
红与蓝装扮着锦绣山河。

东方的桥

一

霞光降落下璀璨的金桥，
日月引力出锁紧的云河。

天虹越弯过寥落的星辰，
圆镜映照着南北。
珍贝的海洋波涛奔涌，
东方之珠在远方泛出光泽。
那道迷人的弧线，
那条飘动的彩带，
在海上飞舞，在水中划行。
且不要零丁洋里叹零丁，
莫悲叹山河破碎风飘絮，
今朝的美酒已洒向了彼岸，
今晨的奔驰已将大海拥抱在怀。

二

有一个区域叫珠江三角洲，
有一片毗邻称粤港澳集装箱，

有一大湾区环着灿烂的闪烁。
远涉重洋的规划，百年岁月的向往，
浮现出来，击水上岸。
人工岛填海造成，
精卫女衔石飞去。
桥墩的军队蹚水而过，
前行的隧道穿插龙宫。
电焊的火花缝合钢铁，
旋转的螺丝拧紧轨道。
设计师的图形在工段长手中凸显，
工程硕士的学位在混凝土中铸就。

三

你站在桥上，你踏在岛屿边，
你有了新的陆地，
你有了新的家门。
你在双向六车道上奔行着，
你把中国结的桥塔系在了胸前。
狂风暴雨的夹击，
翻江倒海的潮汐。
汹涌的风浪席卷过来，
潜流中的暗礁，
明月波起的喧嚣。
已被电掣的风向淹没，
一把旋转的海疆
系在了东方的桥上。

日从前海升

前海，我是这样梦萦着你，
前海，我是如此魂牵着你。
在你的海市蜃楼里
一颗钻戒在夺目闪耀，
一串项链在熠熠生辉。
钻戒套在三角洲的手指上，
项链挂在自贸区摩天楼的颈项上。
南山，我向往着你的怀抱，
你是招摇山，你有桂树，你藏金玉。
山呼海啸，有一个千年龟爬上了湾区。
岸上繁衍出了神奇的城市，
城市的霓虹灯影与星辰同耀。
莫道是，精卫溺水而去，
志鸟的神灵衔石填海的龙岩。
她的红爪立在滨海大道，
花脑袋枕着宝安的凤凰塔，
弧形的滩涂衔在白嘴壳里。
她翱翔在粤港澳的上空，
宝石在飞鸣中坠落出了大都会。
大都会流淌着夜市，
夜市下街区纵横交错。

莫叹息，零丁洋里叹零丁，

东方之珠拥抱在怀，

花城的黄牛羊奔跳在侧。

百老汇里奏响移山造屋的摇滚，

出市代表的红马甲奔波在交易所里。

我看了场好莱坞的电影，

我领略了李小龙的拳脚，

我要成为金融大厦里的银行家。

跨国公司的物流漂洋往来，

《海国图志》在拍卖行价格翻番。

今日的股票板看跌看涨，

你要了 A 股，我炒了 B 股，

你挣了一百万，我赚了上千万，

我拥有身家百亿的上市公司。

前海的浪潮拍打着新生的

曼哈顿双生子，

前海的口岸吞吐出山珍海味。

你的银帆，你的商船，你的豪华游轮

穿梭往返，

跨海桥穿针引线在天弓之上。

丝绸之路的宝马在波涛间快速奔驰，

三宝太监的集装箱里盛满了可居奇货。

我是深圳人，我为前海仔

我打工，我盖楼，

我是泥瓦匠，我是工程师，

我打鱼在船前，我拼争在商城。

弄潮儿劈波斩浪在前海，
率土之滨挥斥方遒在前海，
前海的朝日在港湾里冉冉升起。

有一个日子

有一个日子

烙着刻骨铭心的墨字。

有一段岁月

猛虎给穿刺过鼻翼，

海狼喷吐着南京的阴云，

鸦片铸成肆虐的炮弹。

1841 年 1 月 26 日的早晨，

开埠的香港操枪步过英伦的水兵。

女王的皇冠闪耀在钟楼顶，

维多利亚港湾驶进了

无敌的战列舰。

那个风光无限的爵士，

那个踌躇满志的港督，

把九龙壁围在了白金汉宫。

有一个日子

聚来了一群新的梁山好汉。

经过了百年洗礼，

爬过了雪山草地。

他们击溃了八面之敌，

他们炸残了逞狂的

紫石英号。

这是裹着血与火的日子，

这是郁积着百年的喷薄。

那一天

有一个磐石的中校，

呼啸着上岗的口令。

那一刻，

有名女王的侍卫官，

低下了高贵头颅。

特首信步登上摩天的塔。

有一句遥远的声音在头顶划过：

几尊大炮征服一个国家的时代，

一去不复返了。

有一个日子镌刻到了历史的天平上

——1997 年 7 月 1 日。

都市里的界碑

他们的手握在了一起，
他们的心脏跳动在了一处。
紫荆花与橄榄枝交相辉映，
阿 sir 与武警齐聚在天安门。

麻石的界碑低垂着头
显出苍老的疲态，
饱经风霜的脸上
刻满了岁月的皱纹。

它在诉说，它在倾吐，
它躲在雨巷，它缩在沙头角，
被遗弃的卖艺者
拉起了悲伤的二胡。

二胡弦音的《江河水》，
流淌着无尽的眼泪。
泪水沿梧桐山漫溢下
从大鹏湾泻到了泰晤士河。

界碑被泰晤士河冲刷着，

出生的履历荡涤在上面
1898，光绪二十四年
古井沉溺着无尽的屈辱。

米字旗插到了鹭鸶径上，
沙头角迎来了黑色圣诞日。
刺刀的征服，皮靴的蹂躏，
不列颠的海关设在了家门口。

流浪的艺人
重归到了盛唐乐舞中，
弹奏起了新生的奏鸣。
古榕树下旋起了
鱼灯舞。

步行街走来执勤的兄弟，
游客环城路寻找历史的
足迹。
骑楼旁情侣倾吐爱意，
雕塑墙铭刻着难忘的
往昔。

界碑进入了博物馆，
历史破土动工了浴火重生的
纪念碑。
润滑的金融，跨海的物流，
装点着海市蜃楼的奇观。

界碑重归到了边陲，
后面有九百六十万平方公里土地。
土地上的民众坚忍不拔，
负重前行。

界碑矗立在边防的
哨所下，
镌刻的五星放射着
不可侵犯的光芒。
屹立着难以撼动的
中国字迹。

致冬泳者

你去养生，

你去吃药。

你去泡医院。

每天盯着体检报告，

每日查看网上的医患信息。

血糖高了，

血压不稳了，

血脂异常了。

验尿查血，

CT 显影出躯干的阴影，

心电图导出狐疑的曲线。

肺结节前列腺增生，

癌细胞的变异让人痛不欲生。

而我却看见，

一群耄耋老人投身到冰冷的

什刹海水中。

这里是零下二十摄氏度的天气，

呼吸呵着凉气，

眉毛结着冰凌。

这健硕体魄的男女，

脱去外套内衣，

伸展着肢体，

露出不畏严寒的骄傲

神色。

他们挑战着冰雪，

他们嘲讽着缩在棉衣里的

路人。

穿上泳裤泳衣，

飞鱼样扎进水中自由地

游弋。

我真佩服他们，

我真羡慕他们。

那个老太从水中跃出

在栏杆上撑起燕翅。

那个爷爷游上岸，

做了五十个俯卧撑。

厉害！

他们已把医院甩在了脑后，

他们已让青春复活在了胸前。

胜 利

总要去歌，总要去唱，总要去欢呼。
那圆形的球体，撞击着篮筐，
撞击着体育馆的天花板，
撞击着脉搏突跳的心脏。
喝彩，沮丧、叹气。
比分的交替，
转换着日月里的磨砺与搏杀。
涂着国旗的脸颊在颤抖，
扯开嗓子的呐喊在波涌。
这生命的频率，这血色素的指数，
掀起了激情的迸发。
天女散花，彩绸飞舞，
姊妹们的黑发泻成了瀑布。

双　春

春天套着春天

春日挨着春日

一个春天随风在荡漾

一个春天潜入夜的梦境

有两朵花瓣竞相开放

有两只喜鹊从头顶飞过

游云前后追逐

春水绽开涟漪

两只鸭在涟漪中起舞

两只鹅在水草上引颈对歌

空中划行过两队雁阵

两双蝴蝶嗅蜜在芍药花芯

两颗星星闪烁在月亮的周边

两个月亮托举着摇曳的树影

两对双胞胎奔跑在小路上

春之声的赋格曲调相互追逐

春之歌回荡着旋转的芭蕾

蓝色的河流弯转向远方

惊蛰的春雷唤醒了深长的沉睡

蠕动的蝉虫爬上树梢

桃花缤纷夹岸欢笑

玉兰探春出墙绽出芳颜
双春的花团锦簇成群结队
双春的锣敲点铿锵排响
推开窗纱透口溥畅的春风
打开天门迎来飘飞的白云
双春日
有另一片天空呈现出生命
有另一个太阳照耀着乾坤

凤凰的翅膀

凤凰多了个翅膀

它衔来一方景区

凤凰于飞，翙翙其羽

遥远的地方

有一叫启雄的人

乘着凤凰的羽翼飞临

南华山书写着新的传奇

灯亮了，波光溢彩

灯亮了，沉默的古塔挺立了起来

阁楼迈步在山峦

笑颜盛开在沱江畔

纪念碑上

前人的护佑

从白祭坛神往而来

陈渠珍垂顾着他

沈从文夸奖着他

他建造了半个凤凰城

他让天下无人不识君

少男少女穿着苗族服饰

穿行在古城墙

彩绘的花朵盛开在脸颊

盛开在青春的心田
我看见了孔雀开屏
我听到了佛音声声
我静读了白祭坛的史诗
我初识了湘西
我熟知了一群湘西男女
他们从远古走来
他们在云烟里凸现
他们在长河里波涌
一个君子
一方吉士
一只凤凰
媚于群山
媚于四海

受虐的凤凰

或许

我还在寻找着这处遗迹，

或许

我仍想踏觅到这心灵归宿。

我仰望着天空，

见到天师盘坐在云端掐指神算。

云端降下一道迷墙，

云端沉坠一条环接的锁链。

锁链缚住了战神韩信，

锁链迎来了丰县的祥云。

千古龙飞地，一代帝王乡。

凤凰乘风落到秦台，

凤凰舞动着巨大的彩屏

编织出了绚丽的凤城。

凤凰于飞，翙翙其羽，

凤凰于飞，潘杨之好。

这是令人羡慕嫉妒的愿景，

这让天下男女神往心随而去，

亦集爰止，百鸟朝凤欢叫。

欢叫中

彩云的祥瑞露出了狰狞的面孔，

凤凰被撕去了华硕的彩衣，
丹鸟给剥光出了贞洁的玉体，
她被摧残着，她被虐待着。
茂盛的庭院成了荆棘的囚笼，
明媚的亭台落下焚烧的祭坛。
她异化成双面鸟，她退化成猫头鹰，
她在黄花阵里找不到宫灯的出口。
一个和八个，一道简单的数学题，
一部陈年已久的影片。
却演化出永远解不开的猜想，
却看不明光影里的故事结局。
你陷在罪恶的深渊中，
你挣扎在苦难的错乱里。
你是谁？你从何处飞来？
你姓甚？你恍惚的情感归向何处？
小花梅在春天里绽放出芳香，
肃杀的寒风吹皱出祈求的喇叭花。
喇叭花想去吹奏一首老歌，
集结号集结起一支红色娘子军：
向前进，向前进，
战士的责任重，
妇女的冤仇深。
砸碎铁锁链　翻身闹革命。

弃 儿

他是父母的弃儿，他是社会的弃儿，
亲情早已被扯断，宿命已成轮回。
阳光把他抛弃在街市的角落，
世态的绞肉机已将他碾得粉碎，
冰雪的盛宴成他幻觉的梦魇。
他的躯体从虚空里滑坠，
他的乐园在浊浪上飘飞，
浊浪翻卷着狰狞的暗夜，
遮蔽了他生命的炜烨。
他被遗弃在海滩，
他给放逐到了人生的边缘。
挣扎地活着，撕裂地哀嚎。
痛苦中寻觅着爱的慰藉，
徘徊间触摸着上苍的肢体，
肢体的手掌滑脱进了深渊，
吞噬掉了他鲜亮的秀发。
束发的少年，翩翩的春风，
爱情的等待，家园的虫洞。
活他一千天，活他一百年，
告别小儿麻痹，除掉咳嗽肺炎。
马拉松的奔跑，跳台上的滑雪，

生命的终点是如此地漫长。

他是历史的弃儿，他是现实的弃儿，

他是折枝的花朵，他是负债的小二。

何处可有温暖的爱心，哪里可储他再生的存折。

谁之恶？谁之恨？

乌泱的蝗虫啃咬着他的成长，

肆虐的暴民围殴着他的凄凉。

闪烁、灿烂、温馨，

冷漠、贪婪、绝情。

告别吧，这不值得留恋的尘缘，

放弃吧，这苍白薄纸的履历。

短短的几笔可书写百年春秋，

寥寥的岁月可饮尽千载醇酒。

大海的怀抱是温暖的，

天空的胸襟是辽阔的，

最美的志愿者奔跑在社区欢唱，

最靓的帅哥引出群芳争艳。

潮汐过后迎来平静的月夜，

书写出刘氏家谱的子丑庚寅，

标识出第九十三代孙的庶民。

漂流的帆船驶进迷离的港湾，

暴风雨停息涌出朝日的璀璨。

当郑钦文遇见李娜

李白遇见孟浩然，诗凝天地之壮观，

王昌龄遇见孟浩然，慷慨悲歌咏尽一生。

长江水流淌着诗情，长江船漂流着奋激的搏杀。

她们不是诗人，玉足在弹跳着韵律。

她们不是墨客，臂弓在挥洒着狂草。

李娜夺冠时，郑钦文豆蔻年华，

澳网折桂刻，有一双眼睛寻觅她的梦想。

那天，男足兵败亚洲杯

那个下午，你正在澳网鏖战。

你看着娜姐的比赛长大，你目睹过小威的蟾宫折桂。

方块的球场是人生的四边形，疾速的球体是飞驰的流星。

汉江水在你桥下流过，黄鹤楼挺立在你身边。

你是巾帼的传人，你谓九头鸟的骄傲。

健美的体形，匀称的肌肉，衬托着你坚毅的面孔，

鼻翼旁的灵痣彰显着青春的喷发，

握拳的韧性掀起搏击的欲望。

破发，保发，你的步履横跨出重重险隘，

出界，双误，你的双翼飞过道道天堑。

意志的较量，精神的煎熬。

你的双手划动出一弯新月，你的两腿迈过太阳的闪耀。

胶着的比分，交替地领先，对手疯狂地反扑。

你奔向网前，你的 S 球切割开了狭小的空间。

李娜来了，李娜笑了，两朵中国金花盛开了。

你拥抱着希望，你拥抱着胜利！

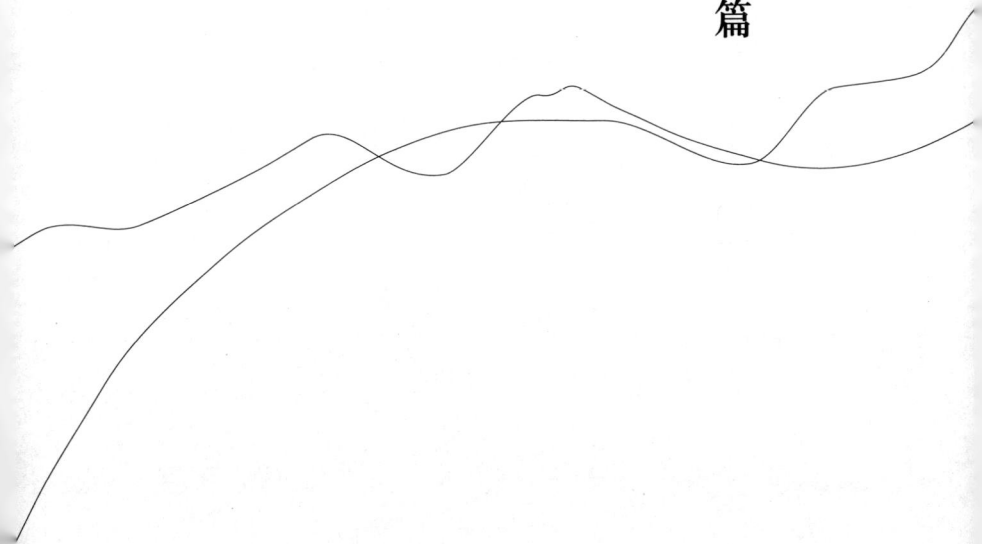

觉
醒
篇

咏庐山

遥看李白挂前川

冰川，石壁，抖索，
千百万年的回声。
峡谷，深潭，水斗，
亘古的秀峰悬空而出。
浑身的骨血搭起了
生命的帐篷，
山崖的眼泪恣肆在
嶙峋的岩石侧，
庐山挺立在云端，
庐山出没在雾霭。

眼泪构成了瀑布，
眼泪叠嶂出山泉。
眼泪悲诉着苦难，
眼泪洗涤着笑颜。
眼泪流成了河，
眼泪堆成了雪。

李白冲刷着峭壁，

李白垂挂在山川。
李白行走在香炉峰顶，
李白皂衣飘荡在云雾间。
李白髯须卷着悬崖上的青草，
李白的冠带掠动着迎客松枝。

杜鹃花盛开银黄色中，
金丝梅含羞在绿草间。
李白从陈寅恪的墓前走过，
李白泼洒出九天而泻的白波。
你的惊雷喷雪，你的悬空老树，
都化作云峰上袅袅的紫烟。

你蹑足在花径上，
迎着四月的芳菲
吹来白居易的桃花。
你被白鹿洞衔进
朱子祠堂，
春日的书院吟咏着
登高望远的壮怀。

你漫步上观音桥，
你清澈的诗意
滋润着千秋万代的子孙。
三叠泉
是你拖雪飘练的胡须。
碧龙潭

是你喜极而泣的倾泻。
你倒悬在天池之间，
你在林湖里荡漾。
你是仙人洞里的仙，
你是五老峰顶的狂癫。

你相会着苏东坡，
你执手着孟浩然，
你的骚人成群结队，
你的墨客浩浩荡荡。
瀑水喷成虹，
只因你是虹中的霞。
庐山真容难识，
只缘你已成落星的银河。

李白的影子已成一山一水，
李白的魂灵
已卷进峭壁的皱褶，
李白的眼睛是日月的门槛，
李白的天足穿行在南斗傍。
你摇起石门边的折扇，
你劈开天堑里的通道。
你随激流神龙出山，
你乘春风采摘茗茶。

我踏着李白的足迹，
我踩着李白的小径，

我流淌在李白山涧中。
我仰视着李白云中的飘衣，
我俯瞰着李白驾临的靡丽。
他甩动出醉石，
激起泉眼的酒香。
他和陶渊明把盏斗酒，
一醉方休在田园。

我看着李太白，
瀑布飞溅着他的诗句。
我望着青莲居士，
峡谷叩击着他的音律。
他的妙笔
生花在鹰嘴岩上。
他的遐想
镌刻进亿年石里。
他同恐龙对话，
他与隼鸟细语。

李白的溪流
斗转星移了千秋，
李白的巨川
挺立了万载。
他挺立在我们心里，
他渗透进我们血脉。
他活在唐宋，
他呼吸在今朝。

他留恋着庐山，
他永远奔行在万仞绝顶。

赛珍珠的塑像

她是一个美国人，
她是一个中国人。
迷雾中的赛珍珠，
露珠浸润出光泽。

她褐色的面庞露出忧郁，
她深邃的眼眸盛满眷恋。
这片大地种下了她的牵牛花，
东风西风吹卷着她的发丝。

她的沃野上播撒下中国种子，
她的胸怀渗透出无尽的炎黄基因。
她在诉说着中国，
她是中国的飞行儿童。

怎能忘记，
她正义的呼声
回荡在穹庐的峰顶。
怎会忘却，
她的汉语广播越过大洋彼岸，
流金文字编织着霓裳曲，
激励着抗战的中国同胞。

她是同胞中的一个巾帼女杰，
她的故乡在庐山亭，
她的倾城虎踞龙盘金陵下。
站在东西方的桥梁上，
她搭建着中国故事的地基。

运河畔的淮安流淌着她的童年，
镇江边金山寺留存她望海的足印。
秧苗移栽到水田，太阳映到镜中，
去牯岭的脚步轻快踏着欢歌。

她是传教士的女儿，
她是神的使者。
她的桥梁跨越了大洋两岸，
她的双手捧起了赤子之心。
她是我们中的一员，
她是邻家女孩的一个，
她是第一个获诺贝尔文学奖的
——"中国人！"

现她静卧在美庐的花丛中，
海明威坐在她的身边，
老人与海翻滚着巨浪，
席勒立在她的眼前，
爱的语言合唱着欢乐颂。

诗的山

一座诗的山，
一片骚人的汪洋。
　　绝句诞生在一线天，
　　名篇挥洒在峭壁端
水墨交融出气韵，
游历荡漾起彩云。
　　深潭里的回响，
　　激流中的撞击。
诗仙四处飘荡，
诗魔漫山爬行。
　　仙人洞洞穿过古今栈道，
　　佛手岩托举着吕洞宾。
王安石飞来峰上望寻灵塔，
陆放翁孤舟夜泊送道人。
　　绝顶上喟叹的谢灵运，
　　西林壁上涂鸦的苏东坡，
你望石门，你寻桃花，
你的妙笔盛开出霞光。
　　朝代消失在泥土中，
　　诗人魂散进尘埃里。
　　　　山挺立着，泉泽流过。
悬崖凝结着诗情，
峭壁垂挂着诗意。
　　风雅颂吹遍叠翠的层峦，
　　歌谣声响彻出大峡谷。

山因诗而独秀，

诗因山永铭记。

不老的峰

你必要去

　　那里高耸入圣境。

你定要攀

　　那处直通天堑。

那层层台阶是旋转的云梯。

　　那片片落叶吹起生命的欢歌。

薄霭撞击着礁石

　　霄海航行着巨轮。

树峰扯起了帆，断崖撒开了网，

　　打捞起鄱阳湖撒向碧霄。

迎客松张开了双臂，鹊枝头撑起了穹隆，

　　落日捧在手中将它撕开，

秦始皇扬鞭抽出人世的帐篷，①

乾坤的磨砺挤压出了飘带的飞虹。

　　那里定有一双魔手在斧钺开天，

　　　　此处必存众仙在饮酒聚欢。

天台就在眼前，飞临石就在举目间。

　　你双手合十气化在上面，

　　　　你成了独尊的观音，

　　　　你幻梦为飞翔的孔雀。

_____

① 传说秦始皇鞭抽出庐山。

五老在疯癫中狂奔，
　　五峰在醉酒里呼号。
峡谷间的玉笛回声荡荡，
　　耸峙的石笋是万古的纪念碑。
我拥抱着风，我亲吻着雨，
　　我举步成了太阳神。
静卧成犀牛的岩石，
　　仰头吼叫的狮子，
　　在凝固中晃动着身躯。
永恒，永远，壮烈，不朽，
　　你终揭不开它的面纱。
惊恐，心悸，气短，呼吸，
　　你仍难催苏出它的沧桑转身。
它何以要称为五老翁？
　　五十年，五万年，五千万年，
　　　它的白发已梳洗出红霞，
　　　　它的皂衣抖开青葱的岁月。
奔跳的学童藏在九叠屏里，
　　欢飞的蝴蝶迎来新的痴恋。
它已返老还童，
　　它焕发着不灭的青春。

雾中的牯岭街

街灯隐在细雨里，
朦胧勾画出恍惚的光影。
松枝在雾凇里颤抖，

流泪的花朵，哭泣的茎叶。

牯岭街是头静卧觅草的牛，
牛背上的牧童，斗笠飘向丛峰。
吹起你的短笛，唱起你的情歌，
游弋进迷离的波涛中。

这海洋，这瀑布，
翻卷着，奔涌着。
广场袒露出胸怀，
塑像张开了手臂。

雾是一件雨披，华盖着灵塔，
遮蔽着曲径坟茔里的魂灵。
没了字迹的墓碑，失去生命的沉默，
记忆着悲愤的历史。

树的山是李可染的水墨，
云的颠奔腾着徐悲鸿的马。
黄宾虹泼墨出层峦的峰峻，
李苦禅点画出松鹰的翅膀。

你要说话，
你想唱歌
街市睡在雾霭里，
身影徘徊在栈桥上。

雾是梦魇的面纱，
雾涂抹着人的脸孔。
太虚弥漫着真实的星空，
尘世包裹在幻象的深坑。

两个人的庐山

到海边去避暑，
去山野好纳凉。
石上流动着清泉，
脑壳翻滚着思想。

大家都在攀爬，
众人皆在登顶。
坐在飞来石上畅想，
立在巉岩侧冥思。

个人引入一支队伍，
佛祖招来跟随的信众。
吟咏着《华严经》，
寻找着菩提树。

万言的抄写感动着上苍，
雷霆的震怒回荡在山谷。
五年的计划腰斩在歧路，
十载的愿景观望着云天。

走马灯的图像旋转着岁月，
庄严的礼堂四溢出喧嚣的声浪。
庐山会盟成了历史的坐标，
庐山的穹顶闪过落日的飞霞。

两个人的比肩，
两座奇峰的峥嵘，
见证着庐山的崎岖，
凸显出匡岳的险峻。

军神横刀立马，
山神指点迷津。
风暴的前兆，
狂风的怒吼。

庐山恋情

光影间抖动着初吻的羞涩，
花径旁传来天籁的颂诗。
突破性的禁忌，
挣脱禁欲的锁链。

隔绝的两岸伸出弥合的双手。
你拥抱着我，我爱抚着你。
仇恨的种子已播撒进心田，
误伤的枪弹射向彼此的躯体。

你成了我的挚爱，
你拯救出我的情怀。
芦林湖闪出你的身影，
枕流桥掠过你的飘发。

苦难的岁月煎熬着人生，
错乱的扭曲考验着苦渡。
你是我镜中的反光，
你是我许愿的心念。

我在光影里分离着自己，
我在胶片中融解着失恋。
我的她依偎在我的胸前，
我的吻落在她的双唇上。

影片宣告着爱情的胜利，
影片判决着禁忌的死刑。
影院已成婚礼的殿堂，
影人将推开交欢的大门。

三百六十五天的晨昏，
奔走出行的男女。
你们在谈情说爱，
你们去看部俗不可耐的电影，
片名就叫《庐山恋》。

沉睡的古城

一片柳叶飘落在了
盆地上的吐鲁番。
柳叶长成了参天大树
围聚出生命的土壤。
一艘帆船驶进了
交错蜿蜒的河谷，
河水环绕着耸峙的孤峰，
河水灌溉着弯月映照的城邑。
我看见
城墙上走来车师国的士兵，
我听到
寺院里传出咏经的喇嘛。
跨出官署的都尉驱赶着车马，
穿梭在街巷的灯火密密麻麻。
现这一切都沉寂了下去
现这所有都藏在了泥土中
那个拱门、那座佛塔、那鼎沸的信众，
都依稀在黄昏中。

雪粉刷着大地

一

雪粉刷着大地，
粉刷着街市，
粉刷着庙宇。
楼阁显出袅娜的玉姿，
落叶缤纷出鸿爪雪泥。
山峦涂抹出斑驳的峭壁，
河水漂动着透明的流冰。
雪花打着哈欠睡在松枝亭，
雪意把梦魇织在方草坪。

二

雪扭动着月桥，
雪滑行着小道，
雪上的辙痕画出人生的
孤残。
一个清晰的脚印，
踏出了一串交错的问号。
雪躺在驿站边

等待着夜归的旅人。
静卧的汉兰达成白色的堡垒，
屋檐落下飘飞的精灵。

三

脸颊掠过凉爽的风，
眼睫伸出草丛的结晶，
瞳孔的夜色被雪幔围绕着。
雪粉刷出了天空的轮廓，
树梢垂挂起白色的纽带。
六角形的花瓣点缀着星星，
游梦的琼妃露出寒酥的玉体。
洁净的凝结流花欲滴，
盛开的白云在蓝天之颠。

雪瀑上的春天

春天是爱伦堡的解冻，
春天是刘禹锡雪颜的破冰。
春天的色彩和声音凝结
在铁的敲击中，
春之声在王蒙的笔下奏响。
雪莱行走在寒霜里
吟咏着春天还会远吗？
冬日的雪瀑渐在融化，
冬令的梅花已探春开放。
探春迎着元春，
大观园里玫瑰花绽出芳菲。
雪莲盛开在瀑布的流淌中，
白玉镶嵌在山树丛。
垂挂的晶莹闪烁崖峰，
倾泻的凝固印刻龙凤。
春天在冰雪上奔跑，
春天在冷酷里纷争。

天坛雪

踏雪寻梅的宫女，肩披铠甲的阿哥，
交错在祈年殿旁，款行在雪窝间，
蹑足在雪色上，踱步至台阶端。
雪意中有心曲要唱，松枝间有鸟在啄食。
雪复活了朝代，雪装扮出了远古。
你摔倒了，你滑跌了。
你在笑，你在逗，
你捧起雪花撒向了空中。
堆起了雪人，织上了彩灯。
凝固的狮子，静卧的麒麟，
披着银色的斗篷临风而立。
红墙尽显山水的斑驳，
碧瓦昂立着骑凤仙人的英姿。
屋檐旋转开素芳的彩绸，
亭台奔走出缤纷的蜡梅，
水墨的树梢点缀着云花。
环舞的圜丘，陀螺样的皇穹宇，
向天诉说，向地倾泻，
人间祷告着上苍，飞雪传递着鹊讯。
雪是节日的焰火，雪是喜庆的锣鼓。

青海的符号

寺

一

神灵浮悬檐顶，
塔身擎天悟醒。
金瓦辉映出佛影，
云霓闪过冥想的星辰，
日月荡涤净尘世噪声。

二

匍匐千里听一声梵呗吟，
跋涉万重水去碧霄奔行，
虔诚心盛开婆罗芳馨。
生死在轮回中旋转，
毁灭从烈焰里涅槃。

三

经轮摇动出大海的波涛，
莲花浪奔起智慧的微笑。
皈依境在壁画中淳耀，

狮子伏卧身边咆哮，
菩提光尽染千山寺万仞庙。

茶

一

茶卡的茶是杯清茶，
清爽的天，罩在茶杯下。
晶莹的盐，沉淀进水晶花，
湛蓝中的云泻入温泉壶洼。
天宫一号四溢着兰花香气。

二

茶卡的茶是碗绿茶，
葳蕤的山峦将盐湖融化。
竹叶青漂浮在翠湖边沿，
碧螺春将茶碗托起，
毛峰韵味飘浮至唇墙。

三

茶卡的茶是壶红茶，
大红袍，金骏眉。
交错的栈道织起霞蔚的彩虹，
盘虬的紫铜熬出烘青的饮涌，
茶卡的茶连天入梦。

梅

一

梅花的欢喜，
卓越的美丽，
高原仍盛开着芳香。
寻觅着逝去的青春，
追梦着挚恋的雪域。

二

阳光旋转在鬓旁，
霜花飘落在胸前。
歌声，鸟语，
织成了彩带。
秋风，絮云，
落叶在诉说。

三

草的露珠，
山峦上的佛音，
讲着远古的故事。
云朵那么地近，
人迹那么地远。

山

山上有雪
雪中有神
雪凝结着远古
雪昭示着未来
山是人心中的圣殿
雪为灵魂的归宿
雪飘洒在草木间
魂融合进山水巅
雪域藏着阿尼玛卿的呼唤
群山缠绕着经年的流金岁月

湖

宝镜照耀出了龙吸水
公主梳妆在镜湖前
湖是一块翠玉
湖是一方玛瑙
蓝宝石映照着天空
措温布调色着日月山
三块石敲击出鸟岛的雁鸣
海心山戏唱着西皮快板
湖底的水怪已变成美人鱼
西王母娘娘
浮现在情人节的水波上

牛

牛穿上了皮毛大衣
牛披起了迎风的斗篷
斗篷遮盖着草原
斗篷挥斥起寒风
牛裹紧了护身的铠甲
迎击着万箭的穿身
黄牛在耕田
水牛在犁地
九龙牦牛成生命的图腾
远来的雅客是尊贵神明

霞

霞是一面屏风
霞是飘逸的旗帜
霞喷薄在峭壁上
霞映照在天边端
霞在水上行走
霞在云中飞翔
霞光凝成了赤壁
霞色涂抹着红色的旅程
六千五百万年叠替出霞的层次
丹霞里浮现出妖娆的仙女

幡

经幡系着天地
经幡系着生死
般若波罗蜜多
向云去诉说
向鸟去倾谈
花朵盛开出细语
春水荡漾着呢喃
苦难随风飘去
黄蓝红白绿的江河
土水火风天的百翩
托出一轮太阳
揭谛揭谛波罗揭谛
波罗僧揭谛菩提萨婆诃

河

巴颜喀拉山有一颗珍珠
珍珠系成一涓甘露
珍珠滚动出一汪溪流
珍珠串结起晶莹的项链
套在神女峰的雪颈上
神女舞动起黄河的彩带
神女旋转开长江的绸布
珍珠散落在草地旁

湖泊出现了帆船
珍珠垂挂在山涧侧
瀑布冲激起生命的甘泉

致去天国的人

一

语言挂在树梢上已被风吹散，
月亮垂下了死神的眼睑。
蒙上了面纱，揭去了脸颊，
狰狞的眉目从天边的云翳浮现。
字句在爬行中被绞干，
幻梦丢失在河畔。
白色的病榻成航行的帆船，
液体在血管内流淌，
躯干显影在射线的底片上。
手机消失了，微信失踪了，
欢笑的面孔成了一纸苍白。

二

昨天，信息还在翻山越岭，
今晨，光线已被阻隔在屋顶。
漂浮的心肺在化工厂里发酵，
人体已撑满了星空。
踱步在林荫间，

怅惘至湖水前，
映照出了灵魂的游荡。
火已熄灭，星已隐去，
黑夜织出无边的网裙。
网裙旋转起来，头颅闪烁其间。
黎明从沉睡中打着哈欠，
燃烧的云越过山巅。

三

槐柏将落叶雪样飘落，
灯火交错诉说着天穹的年轮。
天国的牌桌仅缺一角，
太傅太保丢失了玉瑑。
门庭冷落的文渊阁纳士人间，
皇史宬寻新的司马迁。
飘洒的骨灰组成了姓氏的笔画，
浓墨化为一杯清茶。
离开尘世的欢欣，
告别烦恼的庆幸。
醉仙天女言笑晏晏，
绵长的岁月直上云霄。

大地上的坟茔

一

你们从地底伸出期盼的双手，

你们从墓穴里擎起求生的双臂。

双臂成了墓碑，双手捧起了白云。

残花在生命的呼唤中凋谢，

沉默在追忆中回响。

你化为一缕青烟，

被风吹成一粒尘埃。

鲜活的生命凝成一方骨灰，

热血的激流冷却为冰河。

那巍峨的皇陵，

那浩瀚的地宫，

聚集着庞大的魂魄军团。

这里埋葬着一个家族，

这里沉睡着一段历史。

有多少欢乐，有多少悲哀，

有申雪的冤屈，有悲愤的呼号。

那个惨不忍睹的年轮，

埋葬着多少撕心裂肺的痛苦。

那个晨昏颠倒的日月，

铭刻着泣血的墓志铭。

二

战火仍在燃烧，大地还在颤抖。
千百万的死魂灵遍洒原野，
逝去的朝代哀叹着未来。
纪念碑耸立起死亡的伟大，
花岗岩镌刻出活着的不朽。
告别的夜晚在太平间里沉睡
最后的时刻从烈焰中涅槃。
木乃伊铸成仰天的神兽，
法老身搭起凌空的金字塔。
放眼望去，
满山的坟茔挥舞着阴间的旗帜，
垂头举目，
遍野的碑林层峦叠嶂。
这里的世界存活在另一空间，
这里的魂灵交织着你我的运数。
你的元宇宙，你的地气场，
聚集着成群结队的虚拟粒子。
扫荡着春风，扫荡着墓室，
扫荡着一切鬼哭狼嚎。

三

冥纸飘飞成雪花，灵幡织成彩虹，

向天痛说，向地倾诉，

拥抱着深空的星群，

挥洒着垂珠的日月。

阴间泻进一缕阳光，

衣冠冢寻觅着主人的游踪。

多少人家的父母，

多少居宅的祖孙。

传宗接代的种子，

繁育出了生命的轮回。

上坟者走进死神的怀抱，

凭吊人挣脱开尘世的羁绊，

你的圆寝，你的封堆，你的九源

堆积起了骊山的皇陵。

我想祭奠下那个兵马俑，

我想寻找到刺秦的荆轲。

碎尸在沙场上的将士，

骨肉成泥，鲜血流河。

这血色的黄昏诞生出了再生的朝日，

这拼杀的泥土盛开出了春日的鲜花。

北进的象群

一

向北向北
远古的牙齿牵动了你们灵魂的鼻息，
五千万年的足迹从三星堆里踏足寻觅。
那片呼声从扇耳下复苏了流散的记忆，
那片天地被你们踩在了脚下。
你们所向披靡，你们一往无前，你们披荆斩棘。
你们是紫禁城的护卫，你们是普贤菩萨的坐骑。
蹚过人类物欲的河流，扫荡开圈堵原生的栅栏，
将围剿的封锁线踩它个稀巴烂。
逢山开路，过河拆桥，你们是力敌千钧的战将，
走上公路，蹚进民宅，你们与轿车接踵比肩。
玉米地，火龙果，饕餮的大餐尽情享用，
向北向北，你们步伐坚实自信，
向北向北，你们的队伍向祭坛。

二

向北向北
你们渴求文明，你们向往未来，

你们欲迈进繁华的超市与民共舞，

你欲在卡拉 OK 厅里仰鼻高歌。

闪过《横冲直撞》的斯里兰卡影片，

为向杀戮复仇，你们清算着人类，

为了母爱，你们将温顺变成了愤怒。

獠牙变成了无数的艺术珍品，

精美的雕刻让象牙球叠加旋转。

泥土中的弯月也叠加出了生命的弧线，

你们是烈焰中的涅槃，

你们坐化燃烧的精灵。

庞大的身躯，奇特的大脑，

你们的巨腿已跨过人猴的源头。

三

向北向北，

奥陶纪的胚胎凝刻在大理石中，

三星堆的葬坑爬动出生命的精虫。

你们可是人类的始祖？

你们可有朝代的甲骨？

商灭东夷，火象助阵，

皮洛士激战罗马军，

犀象直捣敌营。

你们的遗骨，你们的遗族

已沉睡了千秋万载。

我知你要去唤醒它们，

我晓你要找回它们的密码。

牙柄的权杖握在铜顶人像的手中，

历史的编年将从迷雾中镌刻出索引。

我是开国农民

那一年，

我扛上锄头，戴上斗笠，

我的脸映进稻田，我的背迎着炎阳。

互助组合作社让我精神倍增，

人民公社激荡着我的心潮。

我有了土地的欣喜若狂，

我开了扫盲后的眼界。

我赶着大车去交公粮，我骄傲，我自豪。

那一年，

我从庄稼地里耕田归来，汗水流淌在我的脸颊。

我走进大食堂，吃着公家饭，喝着公家汤。

乡里乡亲，兄弟姐妹，妯娌叔侄

围聚在一桌，欢叙在一堂。

人说这是共产主义的场景，他言此是解放的生产力。

亩产万斤的豪迈，勇放卫星的壮举，

我进入了太虚幻境，我弹奏上了神仙雾曲。

我振奋，我激动，我气壮山河。

我的麦场立起了小高炉，我的娘家支上了大铁锅，

超英赶美的雄心，钢产万吨的田野。

飞机要飞翔，军舰要下水，

我冶炼出的钢水冲激起礼花，我挥洒起的铁雨飞升出彩虹。

天降的灾患，我勒紧裤腰带，煎熬着，期待着。

来往的人祸，我不知去向何方，盼望着有神来扭转乾坤。

那一年，

我迎来了浩浩荡荡的知青，我看见了漫山遍野的战斗队，

他们坐上我的坑沿，他们住进我家的土房。

"反修防修"，"斗私批修"，深挖洞，广积粮。

阶级斗争的绳索套在脖颈上，

暗藏的"地富反坏右"要时时警惕。

我来了，我消失了，

我的土地大卸八块，我的居家四分五裂。

反投机倒把，反私售粮食，反自由市场。

电影上映着《春苗》和《金光大道》，

舞台间演出着《龙江颂》《沙家浜》。

我们成了诗人，学习小靳庄赛诗会，唱样板戏，

"批林批孔"，"反击右倾翻案风"，

红旗高举风雷吼，自力更生建乐园。

我的锄头握成了笔，我的稻田泼上墨。

我冲进了孔庙，呼喊着打倒他的口号。

儒家，法家，

弄得我晕头转向。

人摔死了，人被抓了，

欢天的锣鼓敲击着我的脑壳。

那一年，

我有了自留地，我耕耘起了自家田，

我开了养鸡场，我挖了鲜鱼塘

我挑担茶叶去北京，我开着东风车回乡村。

有了袁隆平的杂交水稻，有了包产到户的发家致富，

山洼开了路，农货装上了箱，

丰收的金橘，高产的樱桃，牧场的羊群，

它们翻着滚，辗转卸到城里的超市。

我数着钞票，我盖起了小楼，

我儿子娶了媳妇，我女儿嫁给了军官。

失散的兄弟跨海而来，寻不到的姐妹漂洋而归。

我的孙女考上了大学，我的孙子读上了博士。

他们研究起了月亮的形成，他们留洋获得了奖学金。

企业家，金融家，科学家，一鸣惊人的文坛新星，

他们眼花缭乱地在我眼前闪过，他们目不暇接地穿梭而去。

丰收的稻谷堆满了仓，围栏的牛羊猪鸭挤破了头。

他们打工去了，他们上学走了。

我守着空楼遥望着远方，我抱着孙子在晒太阳。

无人机飞过我头顶，播撒着农药，

收割车开过我农田，风卷着谷禾。

我成了当代的地主，雇佣着城里人来种庄稼。

我是农民，我爷爷是农民，我儿子是农民，

一代下乡知青是农民，五七干校的精英是农民。

我的孙子把杂交水稻植到宇宙飞船上，

我的空间站播撒了玉米的种子。

你是开国将军，他是创业的飞机设计师。

你研究原子弹，他建起了长江大桥。

我种植了生命，我养育了大地，

毛泽东走出了韶山冲，莫言转出了高密路。

硕士去扶贫，外交官去代职，海归建起了奶牛场。

农民要成为农场主，乡下人脱胎为庄神。

农村要建成城市的花园，乡镇要开辟出度假岛。

你是成群结队的地主，你称比肩接踵的富农。

晏阳初的理想，梁漱溟的探求，陶行知的乡村教育，

我梦想实现，我渴望层出在大地上。

你不再自卑，你去除掉愚贫弱私，

你是农学家，你谓小麦王，

拖拉机在你脚下犁出交错的发射场，

脱粒车喷射出闪烁的星斗，生命的甘露。

我将消失，我会消散。

我骄傲，我自豪，我是开国农民。

致死神

如果你们的离去，
只是带给后人无尽的苦难，
那么我愿你们彻底消散。
如果你们的哀求无处去伸张，
死神必将破土而出。
你们的悲怆让血水去冲刷，
你们的祭坛应被拆除掉，
你们的冤魂要四处去流浪。
江河会替你们洗涤，湖海会为你们漂白。
我是你们不肖的子孙，我为你们不敬的孽种。
我身怀着罪孽，我吞咽着仇恨。
你们的陵墓要成为一座高山，
你们的灵魂要成飘飞的白云。
为什么你们要如此折磨着后人？
为什么你们要斩断那流淌的血脉？
古老的光荣你们任意蹂躏，
千年的骄傲你们任人欺辱。
那些挣扎，那些压抑，那些悖逆，
交织成辛酸的血泪，凝结起悲愤的诉说。
天才被淹没，壮志被扭曲，理想被埋葬。
美好的家室给拆散，天伦的欢乐给肢解。

既然你们不想赓续永远，
那么就把它斩断吧！
如果你们已改换了门庭，
那么就把它拆毁吧！
我已没有留恋，我已改头换面，
我将再生，我欲迎来新的生活！

他 们

—— 悼鹏宇

他们是我身后的大树，

是我颈背的高山，

是我脊椎的城墙。

我听见他们急迫的气喘声，

我闻着他们追赶的呼吸声。

我奋力奔跑，我拼命躲闪。

我想率先越过终点线，

我要，夺冠冲刺进他们争夺的目标。

他们脚步的频率充塞进我的耳鼓，

他们车轮的马力鸣响在我的脑穴。

我疲惫了，我虚脱了，我体力不支，

我的车抛锚了，

我瘫坐在公路沿上。

他们从我眼前穿梭而过。

他们向我招了招手，微笑着。

他们背上的号码是 36 和 46，

他们的驾轿是东风和帕萨特。

他们的快车奔向了生命的归宿，

他们的骏马驰向了广阔的草原。

我被嘲讽着，我被讥笑着。

我的步履缓慢亦步亦趋，

我的爬行涉过条条溪水。
我仰望着大鹏飞过天空，
宇宙征兆着天堂的回声。
他们短暂的一生，他们青春的一瞬，
两个青年才俊，一双搏击的雄鹰，
为了欢乐的彼岸，为听天堂的圣歌，
奏响了新年的钟声，迎来了纷飞的雪花。
我躺在地上喘息着，我蹲在河边怅惘着。
那片坟山层峦叠嶂，那座墓茔顶立苍穹。
人世悲鸣的哭泣，是仙界超度的再生。
凡尘痛苦的呜咽，是天道永恒的酬勤。

爬起来

没有了，

没有了双腿

也要爬向一个自由的天空。

没有了，

没有了生命，

也要用热血去融解冰冷的钢铁。

尽管黎明已披上厉鬼的黑纱，

尽管星辰已燃起碳素的火焰，

云翳已被染红，

魂灵已上九重天。

爬起来

爬起来呀！

把碾碎的骨肉重新铸就，

让飞红的云絮，

絮出一天再生的襁褓。

滴血的红唇唱起了情歌，

残缺的肢体跳起火焰烈舞，

爬起来

爬起来呀！

……

蔬菜的盛会

一

开会去喽
今年我们要换届
要选出新的领军物种。
奶油南瓜晃动着它硕大的脑袋，
大圆茄子扭动着圆滚的身躯。
乌菜抖动着花衬衣，
小白菜露出娇羞的容颜，
她相恋着冬瓜王
她在和红菇争风吃醋
冬瓜王强健的肌肉，
匀称的身材，
充满着雄性的魅力。
碰碰香、紫叶女贞蹁跹而来。

二

开会了
大棚下，展台旁，
装扮会场的七彩竹芋、飘香藤花枝招展。

木瓜的彩灯，香蕉的丝带

张灯结彩的椰子、凤尾竹，

还有金桂、姜荷花。

柠檬的芳香四溢在楼阁。

楼阁的叠床上，

睡着懒觉的秋葵、橄榄、嫩笋探出了头颅。

小辣椒吹起了起床号。

三

快起来，开会了！

芥蓝、菊芋、芜菁、荸荠、芦笋闻声而动。

萝卜敲响了西瓜的菠萝鼓。

出国旅游的西蓝花、朝鲜蓟何时能归来？

今年我们要选谁为王？谁是我们的霸主？

你的南瓜书记，你的冬瓜翘楚，

你的番茄领袖各自占山为王。

当仁不让的小辣椒四处煽风点火。

她修长的身姿，尖细的声音响彻棚区。

没人敢惹她，没人敢碰她，

她的嫉妒心强，她的占有欲旺。

她爱出风头，她喜讲排场。

她说白道绿，夺去皇冠加冕为女王。

四

地里劳作的马铃薯，

带着泥土赶到了会场。

战战兢兢地听着小辣椒的训话。

今天是我们的节日，今晨开始了研讨会。

混血的苹果梨，杂交的以色列金镶玉，

带来国际社会的绿色信息。

我们的鲜花盛开在人的肠胃中，

我们的汁液滋润着男女老少的皮肤。

怎样让他们合理搭配，怎么使他们延年益寿。

范成大咏着凌波仙子的白菜走来了，

告诉他这可炒糖醋，这能腌成朝鲜辣白菜。

自鸣得意的小辣椒紧紧拴住了它。

苏东坡品着《春菜》："蔓菁宿根已生叶，韭芽戴土拳如蕨。烂
　　蒸香荠白鱼肥，碎点青蒿凉饼滑。"

他自家有菜园吗？

五

研讨会的另一议题是，

俄罗斯的酸黄瓜有无营养价值？

苦瓜炒鸡蛋怎能不苦？

黄瓜耷拉的脑袋惊醒了起来，

开胃，解腻，我无所不能。

苦瓜拿出《本草纲目》论证

除邪热，解劳乏，清心明目。益气壮阳。

苦中有甜了。

会后要聚餐喽

有韭菜水饺，有芹菜炒香干

生菜卷肉，凉拌木耳、苦菊……

侯宝林的相声传来：茄子扁豆啦加青椒……

来一盘

土豆沙拉拌西蓝花荼蓝。

上一碗土豆烧牛肉，胡萝卜炖羊排。

葡萄美酒夜光杯，榴莲金橘鲜草莓。

六

你从四川来，你从山东至，

甘肃的百合在盛开。

元谋猿人的后代举起了菜篮子

马王堆的古墓中出土的湘菜系，

大洋彼岸漂来奇异果、洋蓟，

现齐聚在和县，

你的茎菜，你的叶菜，你的花菜，你的果菜，

举行了盛大的欢庆舞会。

槐花雏菊展出妩媚的芳姿，紫甘蓝和花椰菜舞动着彩裙。

黑木耳的交领伸出莲藕的雪颈

小辣椒的项链挂在洋葱的胸前。

七

我们肌体的元素，

我们骨骼的支架，

我们血液的流脉

离不开红白蓝绿植物的滋养，

脱不出

镁、钾、钙、维生素 ABC 的渗透。

消化着胡萝卜，吞咽着红薯、地瓜。

你的徽菜大梨，你东北乱炖，陋巷菜羹

滋养哺育着我们。

我们是饮食男女，我们谓衣食父母。

来吧！一起来参加蔬菜的盛会，

来吧！一同去品味远古生命的甘甜。

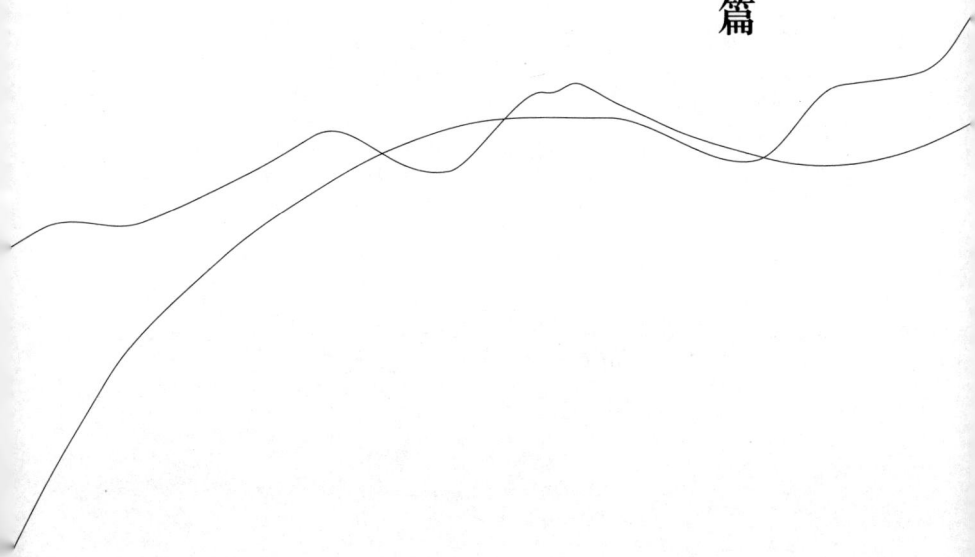

窥望篇

默克尔的三色旗

柏林墙的混凝土将她隔绝到了另一面，
莱比锡校园把她的理想国圈进囚室间。
她在量子力学寻找着微观粒子的推演，
衰变的界墙掀开出熵层纠缠出的帷幔。
鸽群挣脱出勃兰登堡的门洞跃出围堰，
基民盟跨过塌陷城墙难以逾越的天堑。
女泥瓦工黏合出新生德意志的眷恋，
海顿的旋律奏响在巴伐利亚高原山巅。
物理系的学霸信步走出东西方的边关，
成熟的微笑绽放在她略带矜持的颜面。
棕色的短发伴着她自信的步伐走向讲坛，
她三角形的手势在腹前搭起了金字塔。
欧洲最大的经济体在她身后涌动融合，
欧盟星旗环绕着圣母殷切诚挚的颂歌。
她耐心腾挪在熊与狮混浊争锋的沼泽，
母性的雪莲盛开在冷酷政坛的破冰河。
烽火连绵战乱引来汹涌撞堤的难民车，
慷慨接纳的慈悲她成声讨的众矢之的。
人道爱心的胸怀让她超越狭隘的沟壑，
纵横捭阖的智慧促白衫男足风驰电掣。
她迷醉东方长城蜿蜒曲缓的历史回廊

1735 年中国地图绘制着她回首的迷墙。
她手中的金字塔在议会里辉耀着晨光，
她驾驭着欧罗巴机车对接和谐号车厢。
兵马俑地宫穿越铁娘子的菩提树大街，
邻家大妈鱼香肉丝的厨艺她品尝有味。
顶住压力的她独领风骚巾帼不让须眉，
多边主义让她在强权中找寻生存经纬。
她努力弥合着分崩离析的欧罗巴拼图，
拼图上她涂抹着赤橙黄绿青蓝紫色彩。
线条的旗帜有着魔方变幻板块的承载，
她拖着沉重老爷车步履艰难走向前台。
男人的领带在她的手中系紧召唤未来，
前任现任的政治家在她身边踌躇徘徊。
德意志进行曲奏响她死而复生的情怀，
她就要隐身在三色旗飘起的幕墙下，
三色旗缝合着欧共体疲惫不堪的伤口。
散发政治传单的女郎呼吸着新鲜空气，
切割恩师拯救出新德国的全球思想者：
——安格拉·多罗特娅·默克尔。

致戈尔巴乔夫

他是一个人，他又是一个世界。

他是一个世界，他又是一个人。

他拥有过这世界，他又被这世界抛弃了。

那一天他向这拥有宣布，一切都结束了。

那一刻他向那漫长告别，换了新的旗帜。

德国人应为拆除柏林墙感激他，

东欧民会因解放向他脱帽致敬。

走上北京的红地毯，他伸出了禁卫军的手。

破冰的雷克雅未克，浮现着他的谈笑风生。

死神缠绕的士兵，从阿富汗回到了家园。

禁忌的心灵，释放出了自由的呼吸。

地图倾斜在脑皮层上，构置出理想国的夙愿。

新思维划过沉重的天空，改革的浪潮风起云涌。

蛋糕被瓜分了，他成了苏维埃的替罪羊，

思想解放了，俄罗斯套娃出现了他的面孔。

道路夭折了，加盟共和国分崩离析。

他自驾着战车，成了孤独的斯文托维特。①

骠骑兵拼死在沙场，莱蒙托夫决斗中丧生。

那一句悲伤的吟哦，让白天鹅洒泪飞去。

———————————

① 斯文托维特为斯拉夫神话中的战神。

那一声绝望的宣判，让红星失去了光彩。

克里米亚的胜地，已无他度假的别墅，

波罗的海的水兵，调转了起义的舰炮。

科涅夫摘下他的勋章，勃列日涅夫失去他的领地，

列宾告别了伏尔加河，科罗廖夫走出了拜科努尔，

乌克兰的领袖们，颐指着彼得大帝的后代。

磐石的联盟已被碎石机捣碎，古老的光荣蒙上了灰尘。

彼得格勒的围困遍布在整个俄罗斯边界，

圣彼得堡扑朔迷离在冬宫的围墙上。

眼睛在探寻，希望缠绕着千户万家。

高加索的冬夜寻找新星的闪耀，

莫斯科的防线期待将帅的防卫。

他走上了祭坛，成了历史的传令兵。

他的面孔，我们难以躲开。

他的遗容，我们必要面对。

他去了，带走了一个时代，

他消失了，送走了一个国家，

迎来了一个新的天地。

破裂的伤痕

一

奥地利的画家，
在布劳瑙的风光里
临摹出了滴血的乌鸦。
格鲁吉亚鞋匠的儿子
踏上了冰封的西西伯利亚平原。
画家画出了日耳曼人的轮廓，
鞋匠的儿子铸就了斯拉夫族的锁链。
他进了神学院；他入了唱诗班。
在讴歌上帝的赞美声中，
两个留着胡髭的异族面孔
挥起了坚强而又残忍的拳头。
他高喊着我的奋斗的誓言，
他践祚成克里姆林宫的新沙皇。
日耳曼人的血泊，
东正教徒的炼狱，
将他们淹没焚毁，
让他们原形毕露。
浪潮洗刷出他们的残骸，
历史清算着已埋葬的变天账。

二

基辅罗斯，
彼得大帝的摇篮。
孕育出俄罗斯的版图，
催生起苏维埃的号角。
巴巴罗萨的鼻孔
喷出屠戮的气息，
红胡子的会战尸横遍野。
乌克兰集结起了青年近卫军，
边陲之地迎来了科涅夫的坦克集群。
地堡中的阿道夫，
画出了自己最后殉葬的骷髅。
奔跑出去，敞开胸怀，
加盟共和国亲如兄弟。
日托米尔飞起征服宇宙的科罗廖夫，
克里米亚是整体苏维埃人的度假胜地。
欧洲的粮仓，收割的麦穗
烘烤出莫斯科人厨间的面包。
餐桌上，
去读戈尔巴托夫的《顿巴斯》小说，
去品味斯达汉诺夫
社会主义劳动竞赛的高潮。

三

一切似都在铁律中，

纲领立在不可动摇的磐石上，
列宁的旗帜永远飘扬在各民族头顶。
我们的幸福生活，我们博大的疆域，
强盛的国体，不可征服的师团，
核武在手，任你强敌窥伺，
契卡警觉的眼睛
捕捉着你碟中谍的渗透。
突然间
这庞然的大物跌倒了，
这耸立的高楼坍塌了，
牢不可破的联盟仅存在国歌的
曲调里。
分崩离析的领地
流落着四分五裂的难民。
你拥抱着我，我割断了情，
独联体的栅栏被拆得七零八落，
兄弟姐妹父母妯娌隔河相望，
自家的窗口成了北约的门户。
枪响了，炮鸣了
"内战"从东部开始了。

至暗时刻

孤独的光明

被遗弃在街市的角落。

自由已远离脆弱的花朵，

车轮碾轧着将要采撷的瓜果，

生活沿窒息的空气颤抖着。

一个男孩和一个女孩

他们相拥着发出饥渴的呐喊，

他们向往着明天的阳光普照。

但残忍的黑暗笼罩着四野，

它们专制着人的躯体，

它们封锁着讴歌的喉咙。

从大西洋到太平洋，

从亚平宁至欧罗巴，

四处飘扬着蒙面的幽灵旗。

幽灵旗掠过人们的容颜，

吹拂起翻滚的云烟。

缠头的面孔升起了另一面

写满黑色咒语的风帆。

风帆中骄傲的繁星停止了闪烁，

叱咤的大首领低下了高贵的头颅。

他屈膝在衣衫褴褛酋长的胡髭下，

他匍匐在一群草寇编织出的席篾上。

是谁打开了撒旦的囚笼？

是什么人开垦出了噬血的田野？

天使将再次罩上黑纱，女神又会被遮住双眼。

逆转的星空，悲叹的太阳，

已扭转开辉耀人间的笑靥，

这漫长的黑暗何时能拥出明丽的灿烂。

向她致敬

每一年都等待着今天，
每一年都盼望着今天。
今天是个什么日子，
今天为何要闭目沉思？

落叶翻卷在晨风中，
盛会在电视屏里喧嚣。
有人在欢笑，有男女在呼喊，
影子叠化出奋激的浪潮，
思想旋转着人的灵魂。

时间的指针拨动着星辰，
奔跑的心灵撞击着天空。
她们成群结队走了过来，
她们甲壳虫样拥挤在一起。

头顶的帐篷遮蔽了日月，
盛开的鲜花笼罩着乌云。
他们惩罚着美丽，
他们制裁着爱情。

阿米尼惨死在棍棒下，
阿尔米塔与头巾飘飞九霄。
石块击碎了热血的激情，
道德警察横行在大街上。

她们是生命的母体，
她们的子宫孕育着世界。
温柔的海洋承载着野性的撞击，
自由地呼吸与海鸥在一起欢飞。

物理的激光脉冲出大气层的壁垒，
量子点剥开蓝绿红的空间。
文学在进行轮盘赌，
文字编织出戏剧中的梦。

今天是地球旋转的瞬间，
今夜是要挣脱枷锁的判决。
她推开了监狱的门，
她揭开了蒙面的刑具。

她要展现出天使的美丽，
她要袒露开纯洁的玉体。
她走向了朝霞，她走向了阳光，
她的名字叫——
纳尔吉斯·穆罕默迪。

福岛的罪孽

你们遭受过广岛的天谴，
你们遭遇过长崎的惩戒。
福岛的海啸是上帝的吼叫，
颤抖的大地吞噬着贪欲的疯狂。
人是由鱼腹脱胎出来的，
人是从贝壳里破窍而生的。
你们的海岛受着海洋的浸润，
你们的渔民享有水产品的滋养
海风，海鸥，海燕，
白色的帆船游弋着浪漫的爱情，
海潮、海带、海星。
蓝色的浪花冲激起生命的希望。
昨天的核爆还在头顶回旋，
悲痛的纪念日仍在爆点祭奠。
那些废墟中挣扎的生灵，
那处撕碎的肢体还在哀嚎。
切尔诺贝利的幽灵还未消散，
千万年的辐射还笼罩在天空，
达摩克利斯之剑仍悬在头顶。
你们以妖姬为伴，
你们同魔鬼狂舞。

千年的罪孽尚未偿还，

潘多拉放出狰狞的水怪。

你们要把生命的海洋污染成畸形的沙场，

你们要让鱼虾贝蟹变成七头水鬼，八角魔爪。

你们挖开了憎恨之河的沟渠，

你们开启了地狱之门的通道。

福岛的福帖会被揭去，

福岛的罪孽贻害千年。

3·11 的核泄漏泛滥世界，

3·11 的修罗天谴千秋万代。

想起阿连德

他是聂鲁达的朋友，
聂鲁达是一位伟大的诗人。
他是拉美人的一线希望，
希望走出军事独裁的怪圈。
他在记忆里，他在诗歌中。

四年六年二十年，
每一个周期，每一段岁月
蒙面人揭去面纱，影子男显出原形。
那些冷酷的脸庞，那群高深莫测的幽灵，
露出灿烂的微笑，绽开甜蜜的话语。

汽车在奔行，手臂在欢呼。
串串的承诺，阵阵地呐喊，
旗帜在飘扬，彩屑在纷飞。
期盼的眼神，披散的头发
游移在帽檐下，挓挲在纱巾里。

这一刻，是牛奶的欢歌，
那一瞬，是面包的节日。
卸去沉重的工作，除掉烦扰的纠纷。

见到了久违的明星，握住偶像的手，
幸福的喜悦，等待中的到来。

心中的希望，梦中的女神。
思想的情人踱步在脑幔的海滩，
灵魂的伴侣行走至心的河边。
你驱车经过白房子的投票站，
你的双手将选票折叠成一个和平鸽。

投向了愿景，投向了未来，
星星在眼前闪烁，太阳悬顶普照。
当选者统领起千军万马，折桂方签署了治理法案。
笑容收敛成无情的铁面，演讲变成了一张废纸。
高悬的手剑指向异教的领地，呼啸的子弹飞向了叛逆的骑士。

他是聂鲁达的同胞，是聂鲁达笔下的伐木者，
伐掉盘根错节的大树，苁荫的鸟四处飞散。
切割出木料，凿子开掘出换代的槽口，
新的木屋搭建起了理想主义的窗口，
焕发的板房照耀进团结阵线的阳光。

医治这个社会，他不相信梦魇只有空想。
重建这个家园，他想开辟出一片新天地。
杂草丛生的政党，派系倾轧的动物园，
挤压着他，蚕食着他；他在挣扎着，他在拼争中，

他走上了一条不归的路。

伐木工涨了工资，建筑匠攀上了脚手架。
朝阳勾画着美丽的楼群，明月映照着理想国的轮廓。
剥去殖民主义的外衣，除去资本主义的魅力，
他成了一个搏击风浪的水手，
他被四面鲨鱼围剿着，追逐着。

杂草破土了出来，伐木人脚下生长出箭毒树。
封锁出的食品短缺，制裁来的财政赤字，
示威的森林侵蚀着推倒树干的手臂，
罢工的浪潮困扰着雄心的抱负。
他在困境中欲打开一个缺口。

聂鲁达预感到了内战，聂鲁达有着诗人的敏感。
西班牙战火的翻版，佛朗哥独裁的杀戮。
皮诺切特发动了攻击，炸弹扔进了总统府。
你要投降，拒绝！你要放下武器，妄想！
殉职在莫内达宫，决死在岗位上。

忘不了他最后的画面
手持着冲锋枪，头戴着钢盔，
眼镜后透出绝望中的坚毅。
智利万岁！人民万岁！工人万岁！
临终的声音划破了那个滴血的早晨。

民选出的总统，民主的牺牲品。

记住是否，聂鲁达只有死亡的诗句？

孤独的坟墓，心穿过隧道。

他穿越到了今天，塑像立在了宪法广场。

他当选为最伟大的智利人——萨尔瓦多·阿连德！

上帝的心脏

为了和平，必要进行战争？
为了安宁，一定要刀枪出鞘？
和平鸽勾勒着美女的面孔，
平安夜倾洒着温柔的雪花。
钟鼓楼敲响着期盼的回声，
音乐厅奏鸣着渴望的合唱。

为了领地，枪炮扫荡过街区，
为了生存，战车碾过无数的田垄。
军士的铠甲武装成防弹衣，
兵勇的刀剑挥舞出飞翔的轰炸。
划过天际的火箭是新年的焰火，
敢死者从天而降，炸弹在呼号。

我们置身在战火中，
因地球就在我们脚下。
我们同死神在狂舞着，
因硝烟就飘在空气里。
没一个种族可逃脱，
没任何臣民可幸免。

我们在拼杀中诞生，
我们是争夺的猎物，
是谁把我们肢解成了你和他，
是何人把我们隔绝出了国界。
我的躯体找寻着一个出海口，
我的牙齿啃咬着生命的茎叶。

今天你同我在一起，
爱上了欧罗巴女人。
生下了金发碧眼的混血儿，
明天你跟他在一起，
投入阿拉伯人的怀抱，
孕育出了一个新世界。

你头顶着乱发，你披戴着头巾，
同一块土地生存着彼此，
同一片乐园滋润着瓜果。
那个基督是我们共有的，
那个上帝是我们互生的。
我们在自相残杀，我们在同室操戈。

我们是以色列人，
我们是巴勒斯坦人。
有民族称我们是蒙古人种，
有宗教言我们是上帝的子民。
横跨过海洋，跋涉出沙漠，
生存的号角响彻广袤的草原。

血泪斑斑的面孔，衣衫褴褛地爬行，
他们渡过了地中海、红海，
他们跨过了死亡的波涛，
所罗门王指引着迷津，
他们游过了河，他们爬上了岸。
蒂朗海峡迎来闪米特人的后裔。

亚伯拉罕感召的双手，
唤醒了头戴基帕的希伯来人，
摩西浪花样的胡须席卷着信众，
他们砥砺前行，他们匍匐奋进。
走出埃及，挣脱奴役的枷锁，
迦南的希望之乡，流离失所的族群。

你震动了世界，
你却无家可归。
你开辟了人类的道路，
你成了地球的流浪儿。
你的家遍布在天南海北，
你的国建在心灵彼岸。

遍布世界的幽灵，
散落星空的哀嚎，
你融进了应许之地，
你化入了蜜汁之乡。
这里是归宿，这里存友爱，

你辛酸的血泪将开出芬芳的花朵。

你的国我的土，
我的土你的国。
我要赎回我祖先的土，
你需归还我失去的国。
我的国产生了你的生灵，
我的土孕育出你的国度。

插进地中海的匕首，
刺穿了约旦河西岸的心脏。
你披上了袈裟（加沙），
你的面孔呈现着
腓尼基亚述巴比伦人的基因，
你的疆界被一个个帝国踏破。

伸出你的手，
萨达特死于乱枪之中。
敞开你的胸怀，
拉宾刺杀在特拉维夫。
和平奖蒙上仇恨的火药，
玉帛礼裹藏着杀戮的刀剑。

你手抚着《圣经》祷告上苍，
你掌捧着《古兰经》吟咏真主。
你来到耶路撒冷，你登上了圣殿山，
我们是一母所生，我们为同父育养。

你的《十诫》可曾记得？
你的行善可忘了否？

这里是上帝的心脏，
此处是众神的居所。
歌声在同一屋檐下唱响，
欢聚从同一天空上降临。
滴血的伤口吮吸出爱恋，
破碎的家园建起新的穹顶。

滚动的菠萝①

大号的眼镜，

支起观望大洋的窗口，

窗口里的瞳孔，放射出睿智的光泽。

镜片的反光，折叠出风云变幻的潮汐。

他向东看，他向西望，

发现一个漂泊的新大陆。

生逢七月四日的大兵还在泥沼中。

他读罢《西行漫记》，他将眼镜放在《纽约时报》上。

他要去进行一次冒险旅行，

《自新大陆交响曲》在他心中奏响，

破冰船艰难向前推进。

地球变成了一只菠萝，

他剥去菠萝的刺皮，

嗅到了甜蜜的芳香。

菠萝滚动出了蜜月，

菠萝进入了中国市场，

菠萝成了行动指南。

---

① 基辛格的首次密访中国称菠萝行动。

他匆匆来了，
骑士般地走下飞机舷梯，
弧圈球运转出新的轨道。
他的眼镜套在紫禁城的鼻梁上，
中国从此印在他脑海里，
华夏须臾进入他视野中。

他带来一脑子博弈，
他让空军一号
飞入一个陌生的领空。
久违的国度，化友为敌的刀枪，
走向仪仗队，走向国宾馆，
两只掰腕的手握在了一起。

这里改变了世界，
此处开创了未来。
外交官穿梭沙场，
领事馆覆盖了战壕。
签证、留学、考察，
科学家的脚步踏过封锁的门禁。

我看见了田中角荣来访，
我成了联合国的中国发言人。
费城交响乐团的《命运》
奏响在北京的收音机里。
京剧的快板，

唱腔在百老汇的舞台上。

他获得了诺贝尔和平奖，
他受命结束了越战，
临危的使命，对峙的集团，
他智慧的韬略周旋其间。
动荡的示威，战火的街区，
走着一个四处补墙的泥瓦匠。

他写过《论中国》，
他是历代领导人的挚友。
毛泽东的座上宾，周恩来的谈判对手。
菠萝的种子已撒遍原野，
凤梨的鱼鳞剥出甘甜的果肉，
剑状的叶脉切割出馥郁汁液。

这里是他生命的归宿，
期颐之年的终曲，
奏鸣在古老的回音壁。
他去了，留存着这片土地，
他名字镌刻在中华名人堂上：
亨利·艾尔弗雷德·基辛格。

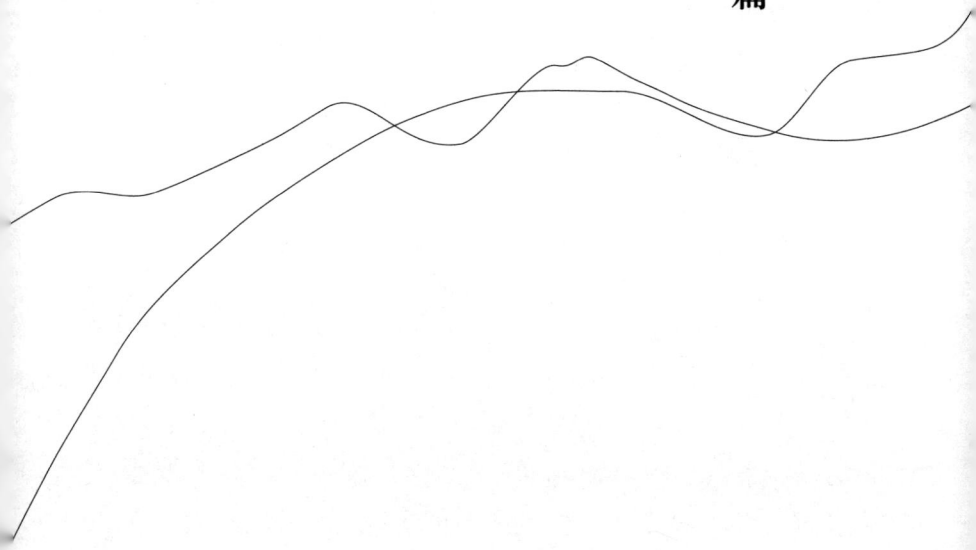

散曲篇

观　灯

　　北方冬天的海滨，似乎没像热带海南岛那样引人入胜。冷冽的海风从冰封的港湾吹来，多有砭骨之寒。已过立春，空气中弥漫着雾气尚未消去的颗粒，树枝飘叶纠缠一处在地上随风翻滚。人们的脑袋藏在帽子中，掠过的行人戴着口罩。临近傍晚在年初六去那里观灯，是一个观赏的好去处。

　　灯在锣鼓点的敲击声中，由远而近、由暗及明，赤橙黄绿青蓝紫地列队而来，在错落有致的房檐屋后探头探脑地放射着光芒。霓裳起舞。这灯的集市是在一名为塔形的怪楼周围展开的，楼已被菱形及圆环的光饰叠起，交错的光剑挥舞上天。楼俯视下的灯市纵横交错，铺展开去。南瓜状与冬瓜形的传统灯笼率先拉帮结派环绕伺服，在树干果枝间搭起棚顶，烘托出中央喷泉盆景中一帆风顺的船、鲤鱼跳龙门的鱼及这年坐太岁的金狗。这些景观从光影里透明而出，浓淡深浅总觉得是另一个幽冥的世界。

　　中国人过春节，敬苍生也敬鬼神，财神灶神玉帝王母金童玉女，统统都要敬，悉数皆要给红包。这些神灯自然也装扮一新，粉墨登场：涂着口红舒袖飞天的女娲；手执毛笔深沉造字的仓颉；戴着鲜艳红帽的雪童在滚雪球；梅兰竹菊与荷花盛开在灯屏里；引颈的恐龙、开屏的孔雀、憨态的熊猫都被光影透析出一个个精灵，而夹在其间的孔融让梨，讲述着家喻户晓的故事。

杂技火摩托从灯形的球网里飞驰而出，四周的墙壁房檐窗棂突然喷射出光色的灯网，各路神仙腾云驾雾而来，在光色的摇曳下此起彼伏。在这阵势渐消散后，那五光十色、拟人拟物的灯轮影兽又静处在起伏的林间坡道，蜿蜒而去。

观灯风俗已有上千年历史，但我一直弄不清在声光电皆无的古代，那些辉煌的灯是用什么点燃的呢？唐代盛况空前的灯市，长安浩大的规模，燃灯五万盏，花灯花样繁多，皇帝命人做巨型灯楼，广达二十间，高一百五十尺，金光璀璨。张萧远所吟观灯诗"十万人家火烛光，门门开处见红装"。其奢侈的燃油从何而来？人说，有用桐油，有用棉花籽或菜籽油的，蜡烛从何朝代用起也难考证，李商隐诗"春蚕到死丝方尽，蜡炬成灰泪始干"脍炙人口，证明唐代已有这燃物。但仅用这闪闪烁烁、时刻都可能被风吹灭的菡萏，就搭建出庞大的灯市，也让人不可思议。

灯市是人间的、节日的，也是天上的、鬼神的。灯给人指路，古人给这命名为照亮前程，也是别有寓意的。观灯可在视觉上照亮彼此，映化自身，那袒露的轮廓，光明磊落，在暗夜中散发着熠熠的光辉。

《图兰朵》旋律中畅想冬奥会

　　歌剧《图兰朵》中《今夜无人入睡》的咏叹调，让人充耳难忘，特别是当歌坛巨星帕瓦罗蒂引吭高歌时，几近让人陶醉。而张艺谋与印度裔的指挥家祖宾·梅塔组成强大阵容，在北京紫禁城太庙演出时，扮演卡拉夫王子的意大利殿堂级歌唱家尼库拉·马丁努奇将这声音抛上故宫楼宇垂挂的月亮上时，如同让人穿越过时光隧道，进入了那个如痴如梦的皇宫大殿上。歌唱时，北京城的灯火辉煌，星光闪烁，飞光流彩。

　　或许是祖宾·梅塔印度人的血统，有着同中国人相近的东方悟性——莫卧儿王朝曾在印度延宕至18世纪中叶。《图兰朵》剧中浓郁的东西方文化的融合，牵绕着观众的情感，在歌咏的悲喜交加中，玉振金声经久传唱。故而两个造诣精深、血脉相近的艺术家，举手投足，此唱彼和，将这一百年经典演绎得含英咀华、余音绕梁，令人难忘。

　　而当《今夜无人入睡》的旋律变成小提琴曲托着申雪、赵宏博在洁白透明的冰面上旋转时，音乐的音符几乎从滑动的弧线中跳动了起来，融入了人们的血液中。可以说，在申雪、赵宏博所有珠联璧合的双人滑中，2002年花样滑冰世锦赛伴随着这音乐的滑行、旋转、抛接，后外点冰三周跳等令人眼花缭乱的叠画中，这一旋律中的组合是最为令人惊叹的。赵宏博穿着黑衫挺拔、健硕英姿像是一个骑士，衬托着一团火焰般的申雪，上下翻飞、插花引蝶引人无数遐想，想到了飘飞的云，想到了喷薄的朝霞，想到了传说中的王子与灰姑娘。那次国际比赛，虽然申雪开始不慎滑了一跤，但他们还是当之无愧地夺得了冠军。由此，我常思忖，花样滑冰的男女，除是运动员，还应是艺术家、舞蹈家，他们的肢体除有几何般的力度和张力外，还应有极强的韵律与节奏的熏陶。俄罗斯在这一项目上人才辈出，同他们的音乐素养——《天鹅湖》——柴可夫斯基音乐的耳濡目染不无关联。那画面过去二十年了，却依然定格在我的脑海中。岁月流逝，申雪、赵宏博已经退役并结了婚，他们的教练姚滨也早已离开教练的岗位，功成而退，当年，他编排出的《今夜无人入睡》小提琴伴奏曲伴随着另一对音符申雪、赵宏博则回响到了今天。

今天，在北京冬奥会即将召开之际，又见到了申雪、赵宏博风华已过的成熟面孔，身为中国花样滑冰队总教练的赵宏博，现以"禁军"教头的身份执着牛耳，他的教练姚滨也受命在侧辅佐着。沿着申雪、赵宏博旋转的冰道，庞清／佟健、隋文静／韩聪、彭程／金杨等冰雪小将又将迎春绽放在银蛇狂舞、冰清玉洁、雪花纷扬的世界里。张艺谋继北京夏季奥运会后又将执导这次冬奥会开幕式的演出。这是一个轮回，一个再现，一个期待。那将会是一个童话，一场视觉盛宴，一片冰火两重天碰撞出的奇妙天地。

冬奥幻想曲

那座雪峰从喀喇昆仑山搬了过来，那硕大的冰块，盘旋的滑道，是从南极的冰川中撬卸过来的。南极的天极，火在燃烧，血在奔流，平行宇宙在这里延伸？

一颗彗星从山巅上划过，彗星上飞翔着戴着头盔的运动员，他们的眼罩是外星人的轮廓，他们的生命扭动着神灵的欢聚。那彗星驾驭着滑板掠过星空，群星观摩着地球的盛会。

这雪道是天道，天道上已印拓出了神话中的传说。隐在防护服中的眼神脱窍出躲在铠甲里的四肢，四肢弯曲成引力波的弧线，跃起成了齐天大圣，跳绳出司雪的青女。你穿起战狼的猎装，你束紧奥特曼的衣领，冰刀踩在脚下，摆动着地球的经纬，滑雪板支撑起山川的坡度，鹰一样扑向雪的激流。激流中溅起白色的浪花，奔涌出撞向银蛇样的雪的瀑布，雪瀑中钻行着精灵样的酷哥靓女，他们撑着穿破气流的双翼梭样插向了彼岸。

菱形的雪花，绽放出了各种花色，凝结在树丛间。雪花是束麦穗，是只八爪鱼，是阀门的螺栓，是远航的罗盘，是皇冠上的徽章，是体育场的碗口，是冠军奖牌的闪烁。雪花是纷飞的 UFO。

飞碟抛到冰壶赛场的冰面上，如星系在汇聚在碰撞，运载向太阳系的中心。这是最具科幻的运动，一群穿着太空服的男女在进行着冰雪大战——跳台滑雪空翻出圆周的时差，高山越野奔进宇宙风中。哈利·波特的指环点击出膨胀的光波。

那个雪橇、那辆雪车瞬间风驰电掣进了时光隧道。花样滑冰旋转出了日月的牵引，天体的运行。风花雪月，吟诗弹琴，泼墨狂草，画龙点睛。短道速滑如流星雨在追逐、倾泻、坠落。你摔倒了，你撞到了护栏上，你在盈尺之间夺冠，你因犯规被取消成绩，懊恼自责中一颗新星又冉冉升起。

你的足弓翘起，你的腿部扫过扇面呈斯图尔特几何定理，计算出了元宇宙的出口。彗星样的冰球，从出口喷吐出，喷吐向了冰河，冰河里撒开了网，捕捉住了跃起的飞鱼。眼神从面罩栅栏的窗口观测，注视着人世间的风云起伏。冰球拖着长长的彗尾，划过星际，射向铁甲骑士把守的门楣。那是成功之门，那是胜利之门。门里的黑洞通向璀璨的银河。

寒霜如水的天地里，抖动着红白翻卷的绸布，绸布扇刮起生命的火焰。火融化了雪，火点燃了冰，冰火两重天让激情迸射。

冬奥是飞和旋的运动会，人在雪上飞，体在冰上旋。那个时光轴须臾让你逆转了时空，翻转中，上下有了错位的引力。天地交换了通行证。徐徐飘降的滑板就是天外来客的翅膀。

脚踏着天，脸贴着地，碧落坤灵交织出电闪雷鸣。群仙众神如痴如醉，奔走呼号。茶色的风景切割出光谱里的分子，反耀着银装的松枝山峦。

卫星的导轨导航着速度滑冰的弯道。百分之一秒，千分之一秒。夺冠的喜悦，喜极而泣的眼泪，汇成了河，凝成了霜。十六道弯，十八道拐，交汇进五环的手镯。九十九座山，九十九颗星。冬日的猎户持枪走入星空的雪域高原寻找着虎年的回声。"欲将轻骑逐，大雪满弓刀"，"照水冰如鉴，扫雪玉为尘"，"燕山雪花大如席，片片吹落轩辕台"，"昔去雪如花，今来花似雪"。

扭结的五环在五颗星的簇拥下闪烁到了春意萌动的夜空中，那是五朵鲜花在盛开，那是创生之柱的光晕，是天琴座的环状星云。

星云下奏响了新年音乐会的交响之声。涌动的春潮中，我寻找着那雪花中火的光焰。

张艺谋饱经沧桑的脸，从2008年至2022年，刻下了岁月的痕迹，当年采访他时，他正在与《图兰朵》一起放歌，现他又成了冬奥火炬的引燃者。这个给中国带来那么多荣耀的陕西"兵马俑"的后代，恐怕连他自己也没想会成为北京冬奥开幕式的呼风唤雨者。我们北京文联的党组书记陈宁，现又受命为北京冬奥组委文化活动部部长；我的编辑同行好友、《十月》主编陈东捷也成为这冬奥火炬手，奔跑在颐和园传递的甬道上，邻近的昆明湖众人正在冰雪上嬉闹期盼。期盼冬奥成功，期盼疫情早散，期盼春暖花开、万木复苏、人欢马叫。

新年里，男足输了，女足赢了。冬奥会在科技之光中拉开了人类欢聚的大门。人在雪上蹦跳，热情在冰上跃起，人在纷争着，人欲挣脱开病毒的绳索。太空中送来了虎啸的春联。

你是雪国里的跋涉者，你是冰河中的"蛟龙"号。"蛟龙"号驶向了童年，驶向了往昔。穿着棉袄的父母带你到冰场上滑雪车，用绳鞭抽着陀螺，陀螺锥尖嵌着一颗钢珠，直立旋转成一只飞鸟、一颗流星。我们北方人，打雪仗，堆雪人，常玩爬冰卧雪的游戏。那时，北海公园的北海在冬季里就是一个大的滑冰场，游人如织，溜冰者甚众。然多年后，各公园的冰场似都关闭了。立起的通告一再提醒人们别擅自到冰湖上嬉耍，小心危险。那年上映的电影叫《冰上姐妹》，由体院水冰系初出茅庐的毕业生卢桂兰主演。冰上姐妹的飒爽英姿把记忆的彩带一直系在童年的脑海中。那年头，物质生活并不富裕，人的精神气却很昂扬。随后，有京剧《智取威虎山》童祥苓扮演的杨子荣引吭二黄导板，打虎上山："穿林海，跨雪原，气冲霄汉！"没有运动员的越野滑雪竞逐，却有着小分队披着白色斗篷插向座山雕匪巢的快速包抄。嗣后，有部杨雅琴、于洋主演的《第二个春天》的影片，也展现了激情燃烧年代里国人身背重负、不屈不挠的精神面貌。

中国从被奥运会体育擂台上排除在外，到申奥成功经过了漫长的期待。中国男子足球队的丢人现眼反衬着在其他体育项目上搏击的运动健儿，他们那股子韧劲、拼劲，不畏强手、敢入虎穴、虎口夺食的"疯劲"都让人叹为观止。其他各行各业不也正是靠着这股子"劲""会当凌绝顶，一览众山小"的吗？记得冬奥越野滑雪项目，中国运动员曾在一百多名选手中名落孙山，成为最后一名。当时我曾当着众多运动员的面感叹道，如此，还存留着这项目干吗？然而，经过甘洒热血写春秋的日日月月，分分秒秒，天寒地冻，潮起潮落，戴着五星胸章的健儿已闯进了这个项目的前三十三名。虽说这名次并不显眼，但仍激发出了那股不服输的"劲"。

冬季奥林匹克运动会酷似外星生命的拟化，那竞技中的四肢百骸，举手投足，斗转星移，劈雪斩霜，怎么看也像是《星球大战》里的变形金刚。他们藏着眼睛，裹着躯体，显出流畅的肌肉线条，超人般的空翻、涡旋、跳跃、撞击。在雪色的衬托下定格在日月间。立在中国贵州省黔南布依族苗族自治州境内的天眼，据称已发现了外星生命的踪迹。这个五百米口径球面射电望远镜，五十天内已捕捉到一千六百五十二次神秘信号。那是外星人的问候，他们借助北京冬奥会，借助空间站上航天员编织出人类标识的五环，把他们的音容笑貌活灵活现地展现了出来。

珠穆朗玛峰长年被冰雪覆盖着，也长年被天神笼罩着。20世纪60年代中国人艰难登顶时，显示了不屈的雄心壮志。时过五十八年，2018年5月14日10点40分，年过六旬的夏伯渝，匪夷所思地依靠残腿假肢登了上去。这是让人惊叹的奇迹。我曾发表过一首《把奇迹踩在脚下》的诗歌来赞美他。因单用"奇迹"来形容这一登顶，已显得太相形见绌了。但这就是不屈的中国人创造的。夏伯渝在雪山上的挺立，是百多年来炎黄子孙奋斗历程的缩影。冬奥会后，冬残奥会也将由和夏伯渝同存信念、身残志坚的人在轮椅冰车上一显身手。

十年过去了，二十年过去了，时光荏苒，当年的花滑王子公主赵宏博、申雪，已承担起了该项目总教练兼协会主席的重任。弹指挥手间，隋文静、韩聪又追逐在了他们托举、周跳在冰面上。

短道速滑队在惊心动魄的交替助推中，武大靖、范可新等在毫厘的拼刺，让冰刀切过了冠军的终点线。混血的谷爱凌，归化的林绮琪融进四海华人携手共进、同舟共济的航程上。将冬奥主火炬插进雪花、天山来的迪妮格尔·衣拉木江驰骋在女子越野滑雪的雪道上。藏区来的拥青拉姆入选单板滑雪障碍追逐的队伍里；回族兄弟哈得斯·巴德里汗也扑向了男子越野滑雪的天地中。北京冬奥会开幕式上，这个多民族大家庭的族群齐聚一堂，他们各异的特色服饰与世界各国各地运动员的彩装华衣，相互争艳，色彩纷呈，构成了人类命运共同体的滚滚洪流，冲破了新冠病毒的冰封雪冻，奔向黄河，流向大洋，流向人们的心灵。

纵情世界杯

历时一个月的第21届国际足球世界杯终于尘埃落定。帷幕落下，法国队如愿以偿夺得冠军。不知为何，在曲终人散时，一丝忧伤涌上了心间。

世界杯主题曲《放飞自我》在唱："球员们的编号代表着一股股力量凝聚在一起。"10号的梅西，眼看着球场的天空，眼望着他无数次闯关夺隘的门楣，网眼透着鼎沸的人声与穹宇。他双手叉腰，无奈无语。世界杯离他又近又远。博尔赫斯诗句中写道："整个生活至今仍是你的镜子，每天清晨都得从头开始：这种境况难以为继。自从你离去以后，多少地方都变得空寂……"

看着蓄上胡须的梅西，听着那诗句，忧伤的情怀油然而生。

7号的葡萄牙罗纳尔多，如猎豹般灵敏，他是葡萄牙队转败为胜的发动机，退出皇马加盟尤文图斯，一亿欧元物有所值。萨拉马戈《里斯本围城史》一字之差改变整个历史进程，是否也是对C罗的写照，离金杯一步之遥，却是绵绵无期。

10号的内马尔，是贝利、济科、罗纳尔多的继承者，盘带球的技术，抢点攻门的瞬间却总被伤病困扰。这次他拼尽了最后一丝力气也没能让耶稣山上耶稣的手臂护卫住，上届本土上惨不忍睹的那幕至今未恢复元气。丰塞卡用他笔下的里约热内卢，表征了一个深刻分裂的巴西，一个水火难容的世界。生活教会了我思考，但思考没有教会我生活。内马尔或许也处在那分裂层中，寻找着另一个突破。

西班牙队全不如他们斗牛士那般彪悍，球员脚法细腻精准，如手术刀般剔骨抽筋到球门前，却转瞬拱手送出。艺术的灵光在斗牛士身上是多层次的，毕加索的绘画、塞万提斯的《堂吉诃德》以及弗拉明戈舞都浇灌着它们的运动旋律。他们的球星有一堆：21号的席尔瓦、19号的科斯塔、4号费尔南德斯、6号伊涅斯塔等。

《战争与和平》中的俄军，让拿破仑判断失误最终失败。库图佐夫、朱可夫都成了拯救俄罗斯的战神。战斗的民族绝杀了西班牙，眼看着德国战车从莫斯科城下、从伏尔加格勒防御的退去。德国人的《命运交响曲》奏出了悲怆的声音，克劳斯、诺伊尔等将士在"阿登战役"孤注一掷，也未能挽回败局。而俄军凯旋在望时，最后时刻解体了。

四年后的9号苏亚雷斯眼角堆起了鱼尾纹，战后，乌拉圭输给年轻的法国队后他精疲力竭摔倒在地，一直未上场，旁边观战的21号卡瓦尼亦露出失望的眼神，拄杖的老帅塔巴雷斯还能再干四年吗？"我希望人们能够自由，即使现在他们仍然困在苦难之中。"乌拉圭著名诗人班奈戴提的诗句诠释着烟过的赛场。

魔幻现实主义的拉美，似本身总在飘忽不定的幻梦中，游移不定。他们的想象创造火烈及不羁的天性，面对严谨有序甚至刻板的欧洲，终被从欧罗巴版图上划出。东方人的顽强，非洲军的华彩乐章，要待新的战役、新的民族解放来光复殖民地。三岛由纪夫的《金阁寺》呼唤着梁山好汉来横刀立马，神行太保奔行八百里。尼日利亚作家阿契贝《这个世界土崩瓦解了》，期望新的足球秩序出现在撒哈拉沙漠以南的非洲。塞内加尔前总统桑戈尔写下过这样的诗句"火，男人们在夜里看着它，在很深的夜里，火，它燃烧却不灼热，它闪耀却不燃烧……"

壮烈的悲剧《果尔果达》是克罗地亚作家克尔莱扎具有革新的号角。

狄更斯的《远大前程》与大仲马的《三个火枪手》里的人物情节都出现在了赛场内外。

地球是圆的，月亮是圆的，椭圆形的莫斯科、喀山、卢日尼基等体育场镶嵌着如铜钱外圆内方的足球场地。那一场场战事由此掀起，杀得昏天黑地，战得血染赛场。莫斯科保卫战，南美独立战争，珍珠港的偷袭，奥斯特里茨的太阳；异军突起的山地师团与骁勇的皇家空军。

卫冕冠军，似乎是凤毛麟角，法国当年在雅凯率领下夺得冠军，继任者多梅内克接着率队在新一届名落孙山。德国上届强势占得金杯，这届也遭淘汰，这或许是轮回。五星巴西早年连获三届冠军，是因他国足球土壤尚未深耕开拓，及至今日，足球文化遍布各国，胜负伯仲，没人再奢望得陇望蜀，蝉联桂冠了。

四年中，许多国家政权更迭，战火纷飞，总统大选。这圆的足球让五大洲不同肤色人的触角碰击。各国各俱乐部中的雇佣兵，得到了这四年的入场券，立马成了热烈的爱国主义者。这个夏季，还有什么能比足球世界杯这些真实的警匪片、灾难片、人情剧更吸引人的吗？

你看那些似京剧脸谱涂抹出的红男绿女，你看那用五颜六色国旗缠身的人群，他们夸张地呼喊，在这赤橙黄绿的油彩里或欢天喜地、露出狂笑，或仰天长叹、捶胸顿足，活脱出一个个揪人心肺、动人心魄的故事。这里上演着美国科幻、莎士比亚的悲剧、贝克特的荒诞剧、福尔摩斯的侦探影视。什么叫跌宕起伏、一波三折、荡气回肠，什么是足球文化，这是最贴近现实的反映。韩国与日耳曼人的较量是《变形金刚》的再现；太极旗下的《阿里郎》与《命运交响曲》交织在一起回荡。连巫师都看好的阿根廷队却被姆巴佩尖刀戳穿，塞内加尔队在胜利的凯歌声中却奏响了《黑色的星期天》。苏亚雷斯、卡瓦尼成了乌拉圭的悲情英雄。

你喜欢梅西，你爱看德甲英超。你熟知的球队有"皇马"，有巴塞罗那、利物浦、曼联。你曾被 C 罗迷得神魂颠倒，你让孙兴慜精准的远射惊得目瞪口呆。你为格罗斯的超凡进球击节相庆。鱼跃上了球门柱上的青天，弧线直挂网角。英格兰队输给克罗地亚之前，多少人、多少彩票信誓旦旦言英格兰要二比一或一比零赢对手。可克罗地亚铁汉硬是跑了三个加时赛，让三狮军团与英超球迷抱憾而去。俄罗斯军与克罗地亚游击队激战得难解难分，帅气的费尔南德斯，让巴西人的脚法转瞬丢失。你晕乎梅西，你说内马尔、伊涅斯塔脚法精湛，但你忘了还有痛击他们的德布劳内与久巴。

这一幕幕太令人难忘了，难忘那斗转星移、逆转千钧的一刻。上届比赛，上上届比赛，还记得吗？桑巴军团让德国战车碾压过后，巴西女总统罗塞夫跟着也下了台；德国队铩羽而归，默克尔总理随之声望大跌。还记得吗？德国小将格策一足定乾坤的垫射，这届却没有来。还记得吗？米卢执教中国队之前，也曾执教过墨西哥队，但现在的墨西哥队主教练胡安·奥索里奥庆幸有了自己的洛萨诺。再回首，难忘那些戏剧元素变幻无穷的画面，也难忘已成看客的马拉多纳夸张的场外表演，难忘德国战车被袭击的瞬间，难忘皇家空军战机被击落的片刻。

球迷们在喝啤酒，在赤身裸体地东奔西走、狂呼乱喊。我的国家、你的热土——这是最热烈的爱国主义的滥觞、弥漫。

你不用开会、你不用强调，谁都会为自己国家的胜利而自豪。你恨谁吗？你想借进球时的兴奋，猛踢一下谁的屁股。你爱谁吗？你很想象进球后的球员疯癫般拥抱，叠罗汉样摞在一起。

我知道，亚洲队尽管顽强抵抗，但已全军覆没，然日本队惜败比利时红魔就是胜利；韩国队力克日耳曼人也是胜利。中国足球队因输给战乱中的叙利亚队未能外围出线，中国队最后一刻未有置之死地而后生的拼劲让人扼腕无奈。算了吧！没有中国足球地球照常转，世界杯也照常举行。

现在我们还要去看这足球文化大片，在此中我感到了充实。涂着红黄蓝绿国旗的球迷在各色国歌旋律中狂欢乱喊。绅士扔掉了斯文，美女除去矜持，彩球彩带，下肚啤酒，口无遮拦的主持人，看台上政要貌合神离地握手。这构成了一个世界、一个国家的招牌，一群五光十色的种族群体。

当那些纷扰喧嚣突然沉寂了下去后，失落失神失意悄然而至，在向那些心仪的球星球队告别时，哀伤的心情伴随着那寂寥的思绪飘然而至。再过四年，球星老了，球场换了。

痴心等待中国足球振兴的球迷，已将青春荡尽，中年耗去，耄耋之年于心不忍，一代人已死去。下届将在卡塔尔举行，那个骑马点火的王子已逝去，这里有中国曾经的围棋棋后诸宸嫁与"卡家"。二十多年了，这能否成为中国足球的福地。

面对中国男子足球的尴尬状态，世界杯举办期间，有媒体曝出中国球员白斩鸡的身形，对比C罗等球员劲骨丰肌，相形见绌。多年前我就写过，他国许多运动员都有进球后狂喜中前空翻的本事，这虽说明不了什么，但起码可证实其身体的强力弹性及柔韧性。中国球员、东亚人种，《射雕英雄传》《神雕侠侣》里的铁腿神功，掌握不住玄勇武功，耐霜熬寒的磨炼，霍元甲怎能打败东西洋武林高手、威猛大力士？

苏炳添、谢震业、韦永丽在黑人统治的跑道杀出重围，突破 10 秒、11 秒大关，把黄种人的不可能甩在身后，奔向胜利。志愿军血战上甘岭制胜靠的是顽强；两弹一星危难之年惊世，依然是磨砺。古来又有多少岳母刺字、悬梁刺股、卧薪尝胆、精忠报国的事例。"两弹一星"精神不只是让各行各业学习而不包括你们。

每一届世界杯，似乎都有足协官员前去考察学习，不知你们究竟学回来了什么？从贺龙三大球不翻身死不瞑目的豪言过去了六十多年；邓小平足球从娃娃抓起的发话也过去三四十年——粉碎"四人帮"，邓小平首次复出亮相是在足球场上。篮排球都有所建树，女足也勇夺过世界杯亚军，女排更是扬威四海，成为一种精神。建设"四个现代化"；奔向小康社会，各行各业若都像男足如此志催人衰，还能创造出一个个人间奇迹吗？

相关足球体育管理部门，若什么都抓不出成色，那么开放体育场馆，让中小学生、青少年去踢球总可以吧！足协产生了一堆贪官，却出现不了一个头脑明晰清醒的掌门人，出现不了一整套促进足球活力的机制。相关领导人不能只用一句"把足球搞上去"的话来号召，要有具体伤筋动骨的措施、方案、行动来贯彻。

中国足球实现什么都有了，资金，名帅，联赛。败了，就怪教练，队员本身的素质技能都有待提高，在血色素、肌肉弹性都欠缺的体质里，东亚人必要有超强的饿其体肤，磨炼其意志，砥锋挺锷才可成伟业。

观　月

　　当中秋的圆月从鸽子窝临海的鹰角岩升起时，这是任何语言都难以形容出的炤景。昨天因迷雾扑朔，这隐在其中的团扇一展开，就处在朦胧的状态。她似乎还在涂抹着晚妆，藏着羞涩的面容。天气预报称今天更有暮霭弥漫，晨起的天空确也是阴晦不明。心想，晚上去观"海上升明月"也只当是一种愿景，真应了中秋多无月的谶语了。唐人司空图叹曰过："此夜若无月，一年虚过秋。"不知观月的心驰神往是不是真就被浓云遮蔽住了。

　　午后时分，天空逐渐晴朗了起来，日落时刻，急忙收拾好行囊奔向了海潮轻抚的沙滩。观月的人此时已麇集。虽青空泛出的星辰，已清晰可见，但惟鸽子窝观海亭上空仍阴霾不散，云呈灰布样，罩在上面持久难揭。心想，可能又要赶上月晕紧锁难窥全貌的窘境了。这样想着，便沿着这节令彩灯煜熠的栈道向前走去，彩灯迷离的交错点，也是个好去处。

　　走着走着，在彩灯的盘环处忽见一玉盘夹在其中，连上面的眉眼山色都可探见，开始以为是节令装饰的月灯，因她还没升到天中，而是垂挂在岩石边的海角旁，心生疑惑地定睛细一打量，才顿悟那是一轮真实的存在了。存在的月金黄金黄地悬浮着，照耀下的海水，抖动着一条仿佛醉了样的光波。南宋张孝祥言"观中秋之月，临水胜"。而在此临海观月似更胜一筹。曹操所咏《观沧海》，很有气魄，所写景致也是这片海域。

远望海水，星汉圆月在浮光掠影中与星星点点的渔火在交相点缀，海水中月的层次漫溢开，呈现出流金的状态。这样几乎零距离地望月，确有难辨真假的认知了，恍若玉兔桂树真会呼之欲出了。

近来盘桓在临海的寄宿地，隔三岔五便举步到海边领略一下海风、海潮和盘旋的海鸥构织出的海景。海上观月也成了一个去处。去海边时，要穿过一片树木葳蕤葱郁的森林公园，过栈桥，钻出一地下通道就到了。夜幕降临，海岸矗立的观海亭恍若凌空的塔，又似空中楼阁。有次我摸黑爬了上去，四顾苍茫，明月垂视着你，顾影自怜，眼泪也被海风吹洒了下来。

中元节那天，也许是照拂鬼魅们的欢聚，森林公园和地下通道的灯皆已熄灭，一切掩在阴森肃杀的氤氲中，桥两侧喷吐出的蜘蛛网时而掠过发梢和手臂，更平添了那丝恐怖的气氛。地下通道如同让人进入了漫长的深渊。

从通道登上海浪拍击的海床，鬼魂喧嚣着爬上岸，海空中的月亮隐在云层的罅隙间，探头探脑地在观望，月幔也穿上了白衣在飘动。这刻海上的豆点亮光真如鬼火在闪烁。

观月的时光久了，月的形态一一收入眼帘。从上弦到下弦的月牙月弓，到满月前的椭圆形，鸡蛋状，盈盛圆缺。她挂在树梢和屋檐顶的素颜，有时是笑脸，有时哭丧着面孔。在不同的景致里摇落出了不同的解读。王国维"人语西风，瘦马嘶残月"的诗句是否预示他投湖的结局。他投湖的时辰是 1927 年 6 月 2 日的上午，湖水自然也未映着这弯残月。然水色天光，日月对应本也是融为一体的，他在端午节前殉国而去，空中恰是残缺不全的蛾眉月。屈原也是在这光阴中魂系汨罗江的，他疑问的月中黑点和腹中藏身的兔子，是否也成了心中难以解开的阴影呢？他投江的时辰不知有无残月映在水里。

抛开王国维和屈原悲伤的残月，古来咏月的诗大多也是寄托思乡思人之情的。嫦娥奔月的传说，本身就带了一种离情别恨的惆怅。除去那些忧郁感怀的诗句外，我非常佩服这些古来圣贤的眼力，在那个几近原生态的年代中，竟能把那憨态、媚态，秀姿英貌，潮起潮落，平湖秋水，风云激荡中的月亮观察得如此透彻，并赋予了那么多的人生哲思。

我算是拍过不少月亮照片，也写过诸多相关月亮诗句的人。观月成了我一种常态，经常会在银光倾泻在身的时刻，发呆地看着她沉默无言的容颜。说是浮想联翩，不如称是脑子一片空白，空白得如孤月那般在滑行。我甚至借助望远镜头，亲近地遥望到了她腹中的环形山和极地的那颗永远垂滴的珍珠泪。这样零距离地观测，仿佛改变了你对事物的某种印象。今人虽已知月光是太阳的光合作用产生的光芒，地球是太阳系的一环。但古来天圆地方的概念似根深蒂固，人们步行在庭院，穿梭在闹市中，也全是四平八稳的。观月逐日的一个直接感应，便是我已意识到脚是踩在了一个圆球上。我拍摄过星空银河的倾泻，也捕捉到了天狼星明亮的闪烁，月亮更是不知亲吻了多少遍。我不知航天员在太空上看地球望月亮是一种什么感觉？但肯定是会有异样彼岸天外的疏离。据知，他们回到地球，从飘浮状坠入地心引力，最大的希望是好好洗个澡，可见那充沛的雨水，涮洗过嫦娥娇羞面容的清泉是多么珍贵。张九龄"海上升明月，天涯共此时"的吟咏，王维"明月松间照，清泉石上流"的意境，都离不开水月交融的映衬。"春江潮水连海平，海上明月共潮生"又让张若虚在唐诗中独领风骚，享誉千年。我见过一朗诵者竟用慷慨激昂的声调歌这首诗，实在是与诗的意境大相径庭。因"何处春江无月明"，怎么看，也应是寂寥的。

确实，在皓月当空、没有任何参照物在侧陪衬时，你会觉得很枯燥，很单调，也很寂寞。但中秋时节，当那轮硕大的桂魄，仿佛是颤抖着从海水里升起时，一种神圣的仪式感会在胸中滋生。特别是当有几条流云掠过她鲜红的脸颊，寄寓她身上各类的神话传说都会纷至沓来。

许多国家让月亮的形象飘扬在国旗上，也有宗教把月亮当作圣物来祭拜，可见这一女神亿万年来，是怎样被万物长天厚爱着。

在月色普照的海面，我常能见到脑袋顶着头灯、穿着专业下水裤的渔夫，在深海区捕鱼捉蟹的身姿，撒开的网透着粼粼的水色天光，动人心魄。他们运气好时会满载而归，差时则收获寥寥。但夜复一夜，他们的身影一直晃动在渔船的左右，有时明月会爬到桅杆的顶端，将渔船渔夫叠在剪影里，呼应着远海一眨一闪的灯眼。这些渔民因城市的兴起，早已从茅草搭顶的渔村搬进了可观海的公寓海景房，他们可称是名副其实的城市渔夫了。那些涂着东港一号或二号的船帆常年整齐排列，晃动摇曳在临岸的海水上，桅杆上猎猎飘动的五星旗日复一日，成年累月迎接着黎明中的朝日，朝日中成群的海鸥会送走这明媚的一天，等待明月升起。渔民往往是夜航去捕鱼，清晨将打捞上的鱼虾蟹贝送到早市上出售，由此，这临海城市的早市就构成喧嚣鼎沸的风景线，浸泡着各类海鲜、水产的水池，水塘鳞次栉比，形成海滨闹市：张牙舞爪的大螃蟹，展开双翼的平鱼，伸出触角的蛤蜊，吸附在一起的鲍鱼，还有皮皮虾与红虾等，想着它们入锅蒸烤烹炸后的鲜味、香气，令人口舌生津。据知，这些"城市渔民"由此收入不菲，加之渔业市场的供求兴旺，传统的渔民已纷纷致富，捕捞上的海货借助快递投放到全国各地的供求者手上。渔民借着夜色出海，披星戴月确也够辛苦的，但也乐在其中。

中秋月圆时分，在海滩上借着蟾宫的照耀，见到一户渔家团坐在一起，吃着刚捕捉上来的海鲜烧烤，真是惬意。赏月中品尝着五仁月饼，品味着瓜果梨桃，让人回味无穷。

彩灯织就的碧螺塔侧，有微缩景观的月球盏，细致地描摹出上面纵横交错的图貌，这与悬在空中真实的玉镜交相辉映，顿有时空交错的飘移感。如影随形的木星也处在了她等距离的位置上，让云中的月也不那么孤独了。航天员传回出舱时拍到的月球照片，令人惊叹，这些照片有随手用手机一掠而过的，也有用专业天文镜头拍到的，远大近小的月貌衔着激荡旋转的地球风云实让人惊叹。他们可是最能得天独厚目睹到嫦娥翩跹起舞的地球人了。哥白尼在《天体运行论》一书中对月球另一种见解中所示，月亮的大本轮和小本轮交替出现，形成了上弦下弦的新月与横月。这一现象在月食的时候，会观测得更为清楚：她从盈满渐收缩成半圆的水镜，直至成为一弯偃刀。

月亮上斑驳旋转的环形山与湿海、静海等概貌，实际上并无那么浪漫，而是布满了伤痕累累的陨石坑，据知这是为阻挡四面八方陨石撞击地球，挺身而出的。她是地球的保卫者与守护神，她被妖魔肆虐的陨石坑脸缠上银装素裹的面纱，把美好的一面示人。影片《流浪地球2》中竟幻想出用核弹把她炸毁，令人难以接受。古人天人合一，日月引力相生相克的天道怎能肆意践踏呢？对天体日月的敬畏之心应长久铸在心田。

在国家博物馆观嫦娥五号带回的月球土壤，感慨良多。虽然那只是一掬看不甚分明的颗粒，但也足以让人想入非非了。人类的足印已踏在上面，中国的科学家已从月壤上分析出了玄武岩的成分，并测定这玄武岩在二十亿年前还处在岩浆活动状态，那时的水分子还非常活跃，或许真有一片汪洋在奔涌。科学家称2030年可实现中国人的登月梦想，并要在上面建科研基地，为登月的巨型火箭已运往海南文昌发射场进行实验发射。如此，我常奢望着，万事俱备，只欠东风，假如明天就有贲育之勇的航天员上去，该是件实现把千年梦境打开时间舱的幻想了。

在古人浩如烟海的咏月吟娥诗中，找出刘禹锡"尘中见月心亦闲，况是清秋仙府间"的两句，或能把那种天上人间的情感勾勒出来。在那上面建起一座廊回曲合的观海楼，该是件无限浪漫的事。但愿那仙府指日会真凸现在广寒宫中。

记得有次在黄河岸边绕路而行，恰赶上明月出山时分，这刻天还未黑透，满月凸显在还泛青蓝的天上，难分昼夜，不知不觉看着流云夹送的月脸竟逡巡到了河边一山村，当时属麦收的时节，在收割机旁的一村会议室里，村民们正在进行乡村选举，投完票，他们一起吃着村干部给压出的饸饹面，香气四溢。屋里人多，便一个个来到户外，蹲在月光下边吃边谈着一年的收成。见我这外来的不速之客，也邀请一同吃这喜面，吃的当中，方得知他们这村借着旅游开发，这个原本贫瘠的小庄户，现已是远近闻名的香饽饽村了，媳妇娶得进来，车也开得出去，月照河畔，山水相依。想起，这应是几年前的事了。

月色里，思前想后，不知不觉已把自己融进了银色的世界中。

从海边览月回来的路上，自然又要穿过森林公园，须臾间，月光从树影里倾泻下来，筛出了地面的皎洁，栈桥也铺满了银白，一直通向曲径。这刻，人的脚步也轻快了起来，月脸在烟树上穿行，伴随着你豁然开朗的心境，月宫撒在地面上的桂花似乎也念起了情诗，拨动出了天籁之音。这时，你向上的观月，便有了一种希望。

后 记

天穹下的人

记得小时候在田野与山丘上看夜空，感觉繁星与银河时常就能望见，偶尔也能瞄到一两颗流星从头顶划过。后来楼盖得高了多了，星空似乎也被顶得高了、远了，飞离了人间。璀璨的天穹星辰寥落，月光黯淡。雾霾的侵扰、病毒的肆虐，几乎将风和日丽的人世笼罩在一个炼狱之中。人们在寻找光明、渴望呼吸的窒息中，双眼仰望太空，希求上苍能降福祉吉祥于人间。在重重迷雾中，航天员携带着人类的梦想，穿过大气层，漫步在星月之间。继人类登月半个世纪后的今天，中国探月工程的月球车也奔行到了月球背面。

面对尘世中的人类困境，千百年来人们总祈求上苍，希望能寻找到脱离苦海的通途。古人"天人合一"的哲学思想，先天本性相生相合，回归大道，归根复命，也诠释了宇宙自然同人在本质上是相通的，故一切人事均应顺乎自然规律，达到人与自然和谐。老子所谓道法自然的真谛或许便在于此。

在长诗《寻找东方红一号》与《圣洛朗的眼泪》及另一本诗集收录的《寻找旅行者一号》应是我的太空诗的有机组成部分。除了这三首长诗，其他发表在各报刊上的太空诗也融会贯通在了一起，应是太空诗的一个侧面。这本《东方的星空》的诗集，应是《寻找旅行者一号》的双子星。二者都在探寻人与天地和谐相处相合、万物衍生的准则。东方红一号是 1970 年中国发射的首颗人造地球卫星。预定寿命是二十年。人们一直认为它早已坠毁或消散在大气层中了。而实际上，经过了五十多年，它仍然在轨飞行。在中国第五个航天日，酒泉的一个名为"牧星人"的测控小组寻找到了它的信号。联想到中国航天事业从这颗卫星发展到今天的辉煌，感慨万千，便写成这首上天入地的长诗。当然，全诗是借此抒发了人类对探索星空的哲思。

同时在这两首长诗里纷繁迷乱的上下求索中，我亦阐明了我对古典小说《红楼梦》的自我感悟。现多有红学人认为其主题线索有反清复明之隐喻。如果这层意念存的话，那么身为王子，本又可继承王位却七疏让国，辞爵归里的朱载堉是不二人选。他因不平其父获罪被关，筑室独处十九年，直到 1567 年，其父被赦免，他才愿意入宫。这身世同书中贾宝玉的经历相互映照，特别是《好了歌》与《醒世词》也有异曲同工之调。我甚至猜测《红楼梦》是不是这个才高八斗的人写出的呀，当然，这只是长诗中的一节，不再赘述。

两首长诗应该是从神话中阐发的生命符号，人本就是怪胎所降，女娲兄妹造人，伏羲三头六怪，原罪与生俱来。在历史天道中不停磨砺修炼，最终用科学法理修成正果等。这只是其中初层涵义，更多的应是由读者来感悟的。来到陕西历史博物馆，几乎要用一天时间，你才能在浩繁的历史屋顶下寻找到中国历史走向的蛛丝马迹，更不用说秦兵马俑、始皇陵这盖世伟业中的千古迷界了。我见异思迁，也升华出了长诗中的想入非非。

霍金称秦始皇还活着的"天论"，实让人诚惶诚恐，因霍金这种科学的神思，不得不让人思之极为有所畅想，并由此嵌入更深一层的生存哲学。活着还是不活，这个哲学命题，在病毒肆虐的当下，是必须面对的。说是霍金的预言一半都验证了，秦始皇是否真活在秦陵中，真让人不敢妄自断定。看着沉睡的秦陵，秦始皇墓前那简陋的墓碑，简陋的由水泥砖石砌起，水平线又不端正，总感到像山野中的古坟似的。对比墓园前他那顶天的塑像，总有一种说不出的心绪。因我见过许多今世将军的墓，任何一座都庄重森严，墓前有的塑有其叱咤风云、凝神远望的雕塑，这盖世英豪何要这么寒酸呢？是他在墓穴中发出的警告，要返璞归真吗？《圣洛朗的眼泪》诗中一节写了"我是活着的秦始皇"并非想让"专制"再现，而是想探明我们今天中国人思想形成的过程。

有关中国人的思想，早在20世纪30年代，日本学者沟口雄三就通过与日本同类概念比较，探讨了天、理、自然、公等中国思想史中应予重视的概念，并对这些概念在宋代以降、迄于近代怎样地完成了质的展开，分别做了重点考察，阐述了宋至清末哲学、政治、经济思想的发展概况。中国人只记住日本人连年对华发动的侵略战争，却很少有人知道日本学者对中国人分析之透彻。日本人无疑是受大唐影响颇深的国家，所谓一都、一道、二府、四十三县。建制皆是一个微缩的小唐朝。韩国也是如此，尽管它不停地剽窃中国文化皮毛想占为己有，到底还得延续中国的体理法制而生。

西安文化广场骑在马背上的李世民统领着众臣及李白、杜甫、白居易这些挥斥方遒诗人队伍的塑像，在夜色灯光中恍若进入了盛唐时代。

两首长诗引发出神谕，终究是要找到人类脱出苦海的阶梯。今天，人类面临的灾患真是令人猝不及防，许多潜在的、过去在传说中的天灾人祸说来就来了，你我躲都躲不开。拿新冠病毒来说，一个渺小的分子中的颗粒就将整个世界折腾了个天翻地覆，人类的自大狂妄、自以为是应有所收敛了。"坐地日行八万里，巡天遥看一千河。"寄托了人类上天入地的一种苦恋的探知，古今中外的诗人哲人也都留下了群星闪烁的奇思妙想的佳言警句。可人们品出了滋味吗？荀子《天论》有云："天行有常，不为尧存，不为桀亡。应之以治则吉，应之以乱则凶。"今却正相反了，应是天行无常，变幻多端，猝难应对，人定胜天是违背常理的，应要顺乎天意，人和物兴才是。而班固所言："凡天文在图籍昭昭可知者，经星常宿中外官凡百一十八名，积数七百八十三星，皆有州国官宫物类之象。"《水浒传》与《红楼梦》开篇其实都引用这类天道人精人妖的故事，女娲补天遗下一块石头成了《石头记》。三十六天罡，七十二地煞星游走在江湖打家劫舍，替天行道，也皆有此等印迹，只是我们忽略不计，只知宝黛悲情、武松斗杀西门庆的悲欢离合与血腥了。有时我读古人天文历法的那些经书，真感到不可思议与困惑。因他们那么早就发现了天地万物与人生的玄机，怎么来的？哥白尼《天体运行论》怎就推演出了围绕着以太阳为中心的五六圈行星运行轨迹？看着书中那复杂的数学公式，我常疑问，在那毫无观测仪器设备的时代，他根据什么计算出来的？莫非仅看着教堂尖顶就刺破了苍穹？也许人的大脑真是个宇宙？在一连串的疑惑疑问和求索中，我也悟道着人类本身的处境。

屈原和但丁用诗句勾画着寰宇的图景，然由于受到时代与科学探索手段的局限，还只是停留在"举头望明月，低头思故乡"的吟咏或是简单圈层的阶段。

今天由于航天事业的蓬勃发展，中国的嫦娥四号已飞临到了月球背面，随之嫦娥五号又从其吕姆克山脉侧取回土壤，土壤携回地球，在北京国家博物馆展出时，四目相对，真感到天上人间交织到了一起。现嫦娥六号也飞了上去，并从月球之背面取回了"土特产"。火星探测器陆续降临到乌托邦平原之前美国的"好奇者号""毅力号"发回的这个红色神秘星球的概貌图像，已逐渐推开了神话的门窗。中国新一代的巨型火箭也在海南拔地而起——梦天实验舱对接着空间站。遥不可及的海王星已能窥视到柯伊伯带的风云。说是太阳周围也有生物在活动，帕克太阳探测器已近距离拍回了它燃烧的面容。每时每刻，太空人都在我们头顶飘浮。说来也许人们不信，日食那天我在北戴河还真拍到了日冕侧的异物，对此我也很不解，常揣测自己可能是"通灵"人，这肯定会被人斥为是梦魇，但今人真能弄明白生命的真谛吗？

诗集中收入的另一类型的诗，虽说是生活另一面的感悟，其实也是同宇宙紧密相连的，天上人间万物皆通，心有灵犀一点通。

今天，对日月星相，人们通过那些四面出击的空间探测的眼睛及太空望远镜，都可初步近距离揭开其神秘的面纱，让人一睹"上帝"的真面目。我们的诗句也应飘然进入广袤深邃的星空中，清气上升，浊气下降，《天问》"圜则九重，孰营度之""斡维焉系，天极焉加""九天之际，安放安属？隈隈多有，谁知其数"的求索也应揭开新的篇章了。

点评撷萃

王童的诗气势宏大，修辞华丽，聂鲁达式的写作。看得出作者的国籍和年龄。

著名诗人、美国艾奥瓦大学访问学者、

北京师范大学特聘教授西川

如果让我推荐首批"火星移民"，我会毫不犹豫地推荐《东方的星空》的作者王童。

著名作家、诺贝尔文学奖获得者莫言

王童的诗，开辟了一个新的诗界。向太空探索，也是向人的内心探索。

首都师范大学中文系教授、著名诗歌评论家吴思敬

王童的诗宏阔有力，波澜壮怀。有童心，向上，浑而悯，张力四射而又纯然。

著名作家、诗人，中国作家协会副主席张炜

读王童的诗有两个突出的印象。一个是狂野，天马行空，狂放不羁。他的诗立刻使我想到郭沫若的《女神》。另一个是对中国精神的想象与再创造，这个是近三十年诗人中少有的精神面向。

西北师范大学传媒学院院长、教授，《当代文艺评论》主编，

著名作家徐兆寿

诗又认真读了两遍。作者心游万仞，想象驰骋，在人类文

明的疆域和成就之上一览众山小，且佳句连连，不同凡响。人说的有聂鲁达之风，的确如此。气势上应不让之。不同之处是聂鲁达长诗的歌声里颇有痛感，是一个大陆的未曾实现的梦想。这和《寻找东方红一号》不尽相同。

著名诗人、中国传媒大学教授陆健

王童是新时期中国长诗写作的重要代表之一，他是一位有着宏大叙事野心和长诗题旨规划的诗人。他的《太空三部曲》打通了人与宇宙之间的幽秘通道，接驳了人性、诗性与未知世界之间的迢遥距离。他以长诗写作践行者的超拔能量，塑造了当代诗人的高度文化自信和昂扬创作激情，展示出他超乎寻常的文学理想和长诗写作能力。他以饱满的家国情怀，树立起诗之大者的信仰之碑。《太空三部曲》就是他近年来思考人类命运与科学发展之间辩证关系的一个战略收获，为中国长诗在另一维度抒情的可能性提供了难能可贵的典范。

著名诗人、中国长诗写作倡导者，中国诗歌学会常务理事，

广东省作家协会主席团成员张况

昨夜拜读您的长诗《寻找东方红一号》，十分震惊，写得太好了，以我们这个岁数还有如此缤纷的想象，真令人惊讶，另外您的天文学知识也是惊人的。这是一首不可多得的好诗，几乎完美，是这么多年无人可达到的诗坛高峰。

新华出版社编审、著名诗人李成

王童的这些诗完全可和那些大诗人的诗媲美，很有聂鲁达的诗脉。

著名作家、英国笔会文学奖获得者徐小斌

一支诗笔，点天探地；一砚浓墨，寻古论今——已过不惑之年的诗人王童，性情诗魂亦如他的名字，将童心、童趣、童思、童味竟能完整地保存，让诗经的路更加纯真有趣，更加天马行空。

著名诗人、香港中文大学访问学者、
中山大学研究生导师胡红拴

《寻找东方红一号》长诗的意境瑰丽宏大，语言流畅，适合长时间的静心阅读。诗人是个通家，通晓航天科技、东西方神话、哲学、文学、宗教、美食、历史、书法绘画、音律等多领域文化，各类学科知识的覆盖面大得惊人，因此具备了驾驭优秀长诗的能力。

著名诗人、评论家樊樊

王童的长诗《寻找东方红一号》用二十个章节，近千行的容量来讲述自己是怎么样寻找东方红一号的。作者从两个我的不同状态里引出宇宙仍在大爆炸之中，时间和空间同时存在，宇宙无限扩延，在这样的背景下，流星雨、火山、地震、金星、土星等等这些物象、事项在他眼睛的晶体里五彩斑斓地赶来，读者不得不感慨，诗人天马行空的想象力带来的意象。

著名诗人梓榆

史诗级的震撼，包罗万象的百科全书。

著名诗人娄彦玲

《寻找东方红一号》是新时代航天史诗的一座文学高峰。从整首长诗雄奇瑰丽的艺术追求而言，完全可以与屈原的《离

骚》《九歌》《天问》等相媲美。

著名诗人崔子川

《寻找东方红一号》是突破三维空间的奇幻之旅。

著名诗人、世界诗歌网评论编辑正空

《寻找东方红一号》是宏阔的航天史诗，磅礴的太空交响乐。

著名诗人、文艺学专业硕士陈莉婵

《寻找东方红一号》是一首穿越时空、对接屈原《天问》的磅礴巨制，显然，这是首有向度的史诗。诗人王童以历史为基石，克服了现代诗歌中那种高蹈式的虚无感，通过富有理性的激情，谨慎把持住当代中国航天发展在人类探索宇宙进程中绚烂的一笔。

著名诗人苗红年

诗人能够随意杂糅融合，纵横八荒，收放自如。诗人以道法自然、天人合一为主线，以空灵缥缈的诗句和虚实相生的手法，胸怀苍穹，视野开阔，展开奇思妙想，激情四射，节奏铿锵，诗意旷远，给人们展示了一幅壮丽的飞天画卷。

著名诗人张天国

王童的诗，由上古神话揳入，而进东西方文化互相解构镶嵌，如契约般精准夯筑，从哲学历史到艺术观，彼此经略交相辉映，仿佛将整个世界置于掌中而颠覆冲荡，反驳了冥顽之力却蜃楼一梦般蝶变种种诗歌元素和观念中所谓陈规陋习而斥之于讥诮的不悯及神性。

著名诗歌理论家、诗人唐明

晚上一口气读完《寻找东方红一号》，酣畅淋漓，包罗万象，天人合一，是少有的实时性作品。加上《寻找旅行者一号》和《圣洛朗的眼泪》。这些诗作随着时间的推移，必将成为经典。期待单行本出版，我会在国际相关的场合推荐出去。

著名诗歌理论家、诗人、电影剧作家、翻译家曹谁

中国在发展，时间不停歇。王童一边"为再生的崛起干杯"，一边记录着碧落坤灵间的音响，就像他在长诗句中所吟的"我活不到二百年 / 我会延续亿万个光年 / 我将重新开辟又一个历史的源头 / 我去书写一轮又一轮的春秋伟业"。这可以是一位宇航员的壮志，也可以是和王童一样的每一位诗人的心声。

著名诗人、翻译家齐凤艳

王童作品结构宏大，构思迷幻，元气旺盛，词语节奏如波涛汹涌，我相信任何一个阅读者，从中都会获得美妙的享受和心灵的震撼。诗人大多是喜欢站在大地上仰望天空的，从中国的屈原到西方的但丁，莫不如是。我想更多的可能是暗喻随着诗人的步伐，探寻外边缤纷的世界，感受大自然的浩瀚与奇特，追求美的意境、诗的绚丽。这乃是"天空的美学"。

著名军旅作家、评论家尹小华

王童的诗展示了天地间的大美。读者跟随着他的诗笔走向，穿越古今中外、日月星辰、天上人间、风花雪月，阅尽数千年来的神话传说，洞看天马行空的历代神思，欣赏到一幅幅

人间不断叩问苍穹寰宇的壮美图景，感受到生生不息的生命图腾。从而在美的分享和赏析中汲取到前行的力量。

著名军旅作家、书画家，陆军少将马誉炜

诗人王童的诗作，有李贺之奇诡，如天马行空之思维，有李白之饮马天地豪情之气。天人合一之。激昂，能以文人感情的触角，兴浩瀚的宇宙对话，王童应是诗坛第一人。

台湾旅法著名诗人、《两岸诗》社长方明